Best Time

白马时光

一本好书

轻松读懂经典名著

The Wonderful Read

关正文

主编

山東文藝出版社

图书在版编目（CIP）数据

一本好书. 1，轻松读懂经典名著 / 关正文主编. -- 济南 ：山东文艺出版社，2021.1

ISBN 978-7-5329-6087-3

Ⅰ. ①一… Ⅱ. ①关… Ⅲ. ①散文集－中国－当代 Ⅳ. ①I267

中国版本图书馆CIP数据核字(2020)第200960号

一本好书1：轻松读懂经典名著

YI BEN HAO SHU 1：QINGSONG DU DONG JINGDIAN MINGZHU

关正文 主编

主管单位 山东出版传媒股份有限公司
出版发行 山东文艺出版社
社　　址 山东省济南市英雄山路189号
邮　　编 250002
网　　址 www.sdwypress.com

读者服务 0531-82098776（总编室）
　　　　 0531-82098775（市场营销部）
电子邮箱 sdwy@sdpress.com.cn

印　　刷 三河市金元印装有限公司
开　　本 880mm×1230mm　1/32
印　　张 8.5
字　　数 181千
版　　次 2021年1月第1版
印　　次 2021年1月第1次印刷
书　　号 ISBN 978-7-5329-6087-3
定　　价 49.80元

序言

看书是乐趣，看别人读书也是乐趣

我一直不知道该怎么描述《一本好书》这个节目，它是个四不像。在真正被制作完成之前，我一直被夹杂在影视剧、话剧、脱口秀和谈话节目之间百口莫辩，大家看到后才终于明白。

世界上的事情大多数都说不清，经典图书更是让你了解到这个世界的复杂性。比如，世界上本来没有哈姆雷特，在中国传统叙事中，替父报仇的勇毅天理昭昭，绝不含糊。偏偏莎翁弄出个哈姆雷特，据说是一千个人心中就有一千个哈姆雷特，这位王子并不是干脆利落地去血刃杀父的仇人，反倒沉浸在自己活着还是不活的纠结之中絮絮叨叨，让后世多少代人前仆后继、其乐无穷地迷惑不解。所以，我们还是需要自证这本书的价值。

人类已经出版的图书浩如烟海，其中累积的经典之作灿若繁星。航海需要导航仪，巡天需要望远镜。若说《一本好书》节目是“阅读试衣间”，那本书就是攀爬经典书山的登山杖。这本书汲取节目制作过程中所形成的有趣素材，制作成另一盘具有独立营养价值的菜。经典著作是原料，精妙点评也是原料，合在一起，却是十个各自独立的观察世界的样本。在这本书中，所有原著的提要都是为不同的人阅读感受所设定的场景。而不同的人关于该书的解读阐释，又不仅是为理解原著所提供的知识指引，更是窥视了解读者内心波澜的素材。也就是说，对读书行为的观察才是阅读这本书的趣味所在。你不是在看电影，而是在看别人怎么看电影。你不是在看哈姆雷特，而是在看一千个人心中是怎么出现一千个哈姆雷特的。

读书是面对多元世界、多元认知的自我修炼过程，能否向当代读者供应了解人类社会、历史、人性的新鲜而多元的认知，能否激活当下大规模受众更加丰富、细致的个体独立思考，是我们认定的读书利益，也是《一本好书》节目选择推荐书种的标准。这一动机同样适用于对这本书的阅读。同一本书，同样的文字，几个有趣的人居然感受各异，在各自的想象中进入不同的世界，观察这一现象，同样也是在了解社会、了解他人、了解自己。

感谢许子东、梁文道、吴伯凡、史航、朱大可、止庵、蒋方舟等诸位老师，感谢潘虹、王洛勇、赵立新、王劲松、徐帆、王自健、黄维德、喻恩泰、牛骏峰等诸位艺术家，他们是当代中国最具代表性的读书人中的优秀者，并且共同构成了让我们可以欣赏一代人读书生活的范本。感谢经典原著的伟大作者，是他们以一己之力建构的独特世界，给我们带来了丰富多元的思考空间。感谢白马时光为出版这本书所进行的大量工作。

最后，谢谢您购买和阅读这本书。

读书的意义在于获得不一样的人生体验，从而滋养自己的生命。读书是乐趣，看别人读书也是乐趣。

关正文

2020 年 11 月 1 日

目 录

CONTENTS

一本好书

第一本书 × 月亮与六便士

满地都是六便士，

他却抬头看见了月亮。

《月亮与六便士》，1919 年由英国小说家毛姆创作完成，一经问世便成为经典中的经典。小说以著名画家高更的真实经历为原型，讲述了证券经纪人斯特里克兰人到中年，却突然开始追求内心隐秘的绘画梦想，抛妻别子、远走他乡的故事。最终，在遥远的南太平洋小岛上，斯特里克兰陷入贫病交加的窘境，但他始终认定：我必须画画，就像溺水的人必须挣扎。

《月亮与六便士》的名字，寓意直接也深远，月亮代表高高在上的理想，六便士则是英镑里很小的一个货币单位，可以解读为深陷泥沼中的现实琐碎。那么你是仰望月亮，还是俯拾六便士？百年来似乎成了所有人都在思考的选择题。

其实，月亮从来不是对梦想的盲目推崇或者借梦想之名的逃避和解脱，它只是让你重新发现自己身上的可能性，并因此于眼中闪烁出令人着迷的光芒。

精彩书摘

“女人的头脑真是太可怜了！爱情。她们就知道爱情。她们以为男人离开的唯一原因就是移情别恋。你认为我有那么蠢吗，会再去做我已经为一个女人做过的事情？”

“这么说你不是因为别的女人离开你的妻子咯？”

“当然不是。”

“你敢发誓吗？”

我不知道我为什么提这个要求。我说这句话的时候完全没有经过大脑。

“我发誓。”

“那么，上帝做证，你到底为什么离开她呢？”

“我想画画。”

我盯着他看了很久。我无法理解。我认为他疯了。要知道的是，当时我年纪还很轻，在我眼里他已经是个中年人。我当时惊诧得什么都忘记了。

“但你四十岁了。”

“所以我才觉得要赶紧开始。”

“你以前画过画吗？”

“我从小就想当画家，但我父亲逼我学做生意，因为他说搞艺术赚不到钱。我开始画画是在差不多一年前。从去年以来我一直在夜校学习。”

“斯特里克兰太太以为你在玩桥牌的时候，你其实在上课？”

“是的。”

“你为什么不告诉她呢？”

“我不想让别人知道。”

“你学会了吗？”

“还没有。但我能学会的。这就是我来这边的原因。我在伦敦学不到我想要的知识。在这里也许可以。”

“你认为一个人从你这个年纪开始学画能学得好吗？大多数人从十八岁就开始画了。”

“如果我今年十八岁，我可以学得快一些。”

“你为什么认为你有绘画的天赋呢？”

他没有马上回答。他的目光落在过往的人流上，但我认为他什么也没看到。他的回答算不上回答。

“我必须画画。”

“难道你这不是冒着很大的风险吗？”

他望着我。他的眼光有点奇怪，所以我觉得十分不舒服。

“你今年多大？二十三？”

在我看来这个问题毫无意义。我要是去做有风险的事，那是很自然的，但他是个早已不再年轻的人，是个地位尊崇的股票经纪人，有妻子，还有两个孩子。一条道路对我来说是自然而然的，对他来说就完全是荒唐的。我希望让他明白这个道理。

“当然，也许会有奇迹发生，你也许会成为伟大的画家，但你必须承认，这种概率不到百万分之一。假如到最后你不得不承认你是个失败的画家，那这笔买卖就太不划算了。”

“我必须画画。”他重复了刚才的话。

“假如你充其量只能成为三流画家，你还会觉得为此抛弃一切值得吗？毕竟在其他行业你就算不是非常出色也不要紧，只要水平还可以，那你就能过得相当舒服，但对艺术家来说情况并不同。”

“你真是个大傻瓜。”他说。

“我不明白你为什么这样说，除非说出显而易见的道理，否则就是在干傻事。”

“我跟你说过我必须画画。我控制不住自己。假如有人掉进水里，那么他游泳的本事高明也好，差劲也好，都是无关紧要的：他要么挣扎着爬出来，要么就被淹死。”

他的声音饱含着真正的热情，我情不自禁地被感动了。我似乎感觉到某种猛烈的力量正在他体内挣扎，我觉得这种力量非常强大，压倒了他的意志，牢牢地控制住他。我无法理解。他好像真的被魔鬼附体了，我觉得那魔鬼很可能突然反过来把他撕成碎片。然而他看上去很是寻常。我好奇地盯着他看，他丝毫不觉得难为情。我想知道陌生人看见他坐在那里，穿着诺福克外套，戴着脏兮兮的圆礼帽，会怎么看待他；他的裤管太过宽大，他的双手并不干净；至于他的面孔，由于下巴满是红色的胡楂，眼睛特别小，鼻子又大得咄咄逼人，他的面孔显得狂放而粗野。他的嘴巴很大，他的嘴唇很厚，看上去有点荒淫好色。不，我无法断定他是什么样的人。

“你不回去找你的妻子吗？”我最后说。

“永远不回去了。”

“她愿意不计前嫌，重新开始。她一句责备你的话也不会说。”

“让她见鬼去吧。”

“你不介意别人把你当成彻头彻尾的大浑蛋吗？你不介意她和两个孩子沦落到街头去要饭吗？”

“那关我鸟事。”

摘自果麦文化，李继宏译《月亮与六便士》

【作者简介】

毛姆是19世纪末英国一位著名的剧作家、文学家。他从德国海德堡大学肄业后，到伦敦圣托马斯医院学医，后弃医从文。但在文学领域十多年的笔耕不辍并未给毛姆带来优渥的生活，他反而因为一部被十七个戏院经理拒绝的《弗里德里克夫人》而声名大噪。知名报刊《幽默画报》曾刊登过这样一则漫画：忧郁的莎士比亚妒忌地盯着一面墙壁，墙壁上挂着四幅由毛姆创作的剧作海报。

毛姆被誉为“最会讲故事的天才作家”。常在讥讽中潜藏对人性的怜悯与同情，用包容看待人性。代表作有《人生的枷锁》《月亮与六便士》《刀锋》，短篇小说集《叶的震颤》《阿金》等。

他曾因不幸的婚姻和无法遵从内心的声音受过拘束，也以两处豪宅、一辆劳斯莱斯轿车和每年三千英镑的赡养费恢复自由。六便士的世俗人间和天上月亮的神圣理想，毛姆都曾游走其中，至于其中取舍或许正如他所说：“我想，这取决于你如何看待生活的意义，取决于你对社会应尽什么义务，你对自己有什么要求。”

【角色】

讲述人：赵立新

斯特里克兰：黄维德

斯特里克兰夫人：何雨桐

德克：荆俊威

布兰奇：闫鹿杨

开端，没有一点点征兆

斯特里克兰夫人不愿意也没有办法相信，为什么一点儿征兆都没有，一点儿天赋都没有，自己的丈夫会做出这样的选择。做一个四十岁的证券经纪人不好吗？生活富足，往来应酬不好吗？妻子孩子都在身边不好吗？为什么一定要画画？为什么一定要离开家？一定是他有了别的女人！

这一切对她来说太可怕，不在她的思维逻辑里，她无法控制也无从还击，或者根本就没有办法变成他的对手。所以，她宁愿把逻辑降维到自己的世界里，归结到另外一个女人身上，宁愿去相信她的丈夫只是和别人私奔了。这样一来，原谅或者驱逐，就都是她可以应对的了。

转折，事实并非如你所想

作为故事讲述人的毛姆，根据地址找到了抛妻离子的斯特里克兰。没有斯特里克兰夫人想象中另外的女人，也没有豪华的生活，他在巴黎一家破旧的小旅馆，生活潦倒，只有绘画。

为什么一把年纪还要学画？面对问询和质疑，他回答："我必须画画，我身不由己，就像溺水的人必须挣扎，否则会被淹死。"

斯特里克兰不是一个完美的故事主人公，他身上有太多普世道德的缺失，但是有一点：他比更多的人愿意服从自己的内心。

所以，可恶和伟大，都在他身上。

和天才同在一个时代

同样作为画家的德克看到了斯特里克兰身上艺术家的天赋，愿意在他生病的时候接他回家照顾，愿意和他分享自己的画室，甚至当妻子爱上了斯特里克兰之后，选择了默默退出。

德克并不是单纯的热心和善良，而是在斯特里克兰身上看到了天才的特质，哪怕这些特质是擅长庸俗画的自己不曾拥有的。他说："美可不是随随便便就能见到的，美是美妙，是奇异。艺术家通过灵魂的煎熬，才能从宇宙的混沌中创造出美。而当美出现了，可不是每个人都能认出来。你得和艺术家重复同样的奇异之旅。你得用心，这需要智慧、勇气、感觉和丰富的想象力。"

布兰奇是斯特里克兰的镜像

德克的妻子布兰奇，在照顾生病的斯特里克兰的过程中，厌恶转化成了爱意。

她情愿离开德克和稳定的生活，情愿跟着斯特里克兰颠沛流离，情愿不知前路和结局。最终，她在和斯特里克兰争吵过后，选择服用草酸结束了自己的生命。

毫无疑问，布兰奇的结局是个悲剧，她也是整本书中一个重要的叛逆女性角色，像是斯特里克兰的一个镜像。在得知德克要将斯特里克兰带回家的时候，她就已经预感到了这份危险，所以她才会恐惧。但同时她的内心抱有期待，一切都源于她做好了决定。

你有自己的月亮吗？

“做自己最想做的事，过自己想过的生活，求得内心安宁，怎么能叫作践自己？做一个有名的外科医生，一年赚一万英镑，娶一位漂亮的妻子，就是成功？我想，这取决于你如何看待生活的意义，你对社会、对个人的要求。”

如果你觉得，这本书是在告诉我们人人都应该仰望月亮，而不是低头捡拾六便士，那么你就太低估毛姆了。

正因为人性复杂，生而不同，我们永远没有通行的办法，也不能站在同一立场去评判别人的选择、生活的价值以及成功的意义。

真正的价值和标准在每个人自己的心里。想找到它，需要你自己满怀勇气。你有自己的月亮吗？

朱大可：大部分人落在了六便士上，少数人奔向了月亮。

蒋方舟：不是所有人都可以看到月亮。

陈晓楠：这其实是最逼真的生活。

不是所有人都有能力够到月亮

陈晓楠：很多人会把这本书看作是毛姆以高更为原型来写的故事，二位先让我们熟悉下毛姆和高更这两个人好吗？

朱大可：毛姆像是一个性格分裂的人，他既是月亮又是便士，他有双重人格。毛姆未满十岁时父母双亡，他一生都在寻找这两个亲人的代替者。毛姆一方面渴望像高更、斯特里克兰这样的自我反派人物一样，释放自己对精神欲望的一种解放，但另一方面他又始终压抑着平衡他和社会关系的欲望。

蒋方舟：毛姆和高更，两人都是大艺术家，都是高高在上的月亮。但其实每个大艺术家都有从一般人当中抽身到月亮的这个阶段。毛姆描述了这一整个过程，而且他的每一步都会让你觉得惊心动魄，就是他差一点儿就没有到达月亮，他差一点儿又要陷于生活的泥潭当中，这个过程的描述非常好。

陈晓楠：这其实是最逼真的生活。

蒋方舟：对，而不是把这个高高在上的艺术家，当作是跟我们不同次元的一类人种来描述。

陈晓楠：但这里面的冲突又非常明显，为什么斯特里克兰会是这样一个人物？

朱大可：在那样一个时代背景里，要叛离实际上是非常困难的，你会受到整个社会的谴责。因为你既然是社会人，就必须符合社会的所有规范，你才是一个正人君子，你才是一个绅士。英国人很强调这个东西，而斯特里克兰完全抛弃了这些，所以他的这种反差性、戏剧性非常突出。突然间的一个反转是，他竟然没有外遇也没有钱，只有一百英镑，蜗居在法国巴黎最落魄的一个角落；第二个反转是，我们在生活中见惯了头脑发热最终一事无成的平庸之辈，但是一个四十多岁一辈子没有和绘画打过交道的人，突然去学画，最终在塔希提岛的那个密室里，他居然真的创作出了伟大的绘画；第三个反转是，他死了以后，希望他的妻子把这些画全部焚毁，这真的是最致命的一招了。因为他完全破解了我们对于成功学的逻辑，甚至连那个绘画本身都是一个幻觉。斯特里克兰和高更最大的不同就在于虽然身后都获得了声名，但从生活道路来讲，斯特里克兰更细致完整地表现了他的那种自我毁灭，一生在寻找一个幻象，这个幻象最后在他的小屋里绽放出来，然后毁灭。这种毁灭才是真正让我震撼的。

蒋方舟：我觉得这个世界对于小有才华的人是最残酷的。因为一方面他小有才华，他接受不了现实生活。正是因为他看到了月亮的一点点光芒，他觉得现实太难以忍受了，所以他要向月亮的方向去；但是他的才华又不足以让他够到月亮，所以他其实两边都不沾。这个小有才华的人，没有办法去享受生活的乐趣，再回到现实生活，永远也够不到他心中的艺术理想。我觉得这一点恰好是我看这本小说的过程中最惊心动魄的一点。因为你不知道他的才华最后够不够他实现自己的理想，这也是小说最残酷的地方。

每个人都曾深信自己是被选中的那一个

陈晓楠：其实还是那个亘古不变的问题，就是你的理想在那儿，或者说你要找的那个东西在那儿，你能不能找得到它。我感知自己受到某些东西的感召，但是最终我就是一个没有才华的人，或者说我的才华并不足以让我到达那个地方，那这个故事还值得书写吗？

朱大可：也值得。太多这样的人了，这就是我们生命的常态。一个人在童年的时候会建一个理想，实际上就是个幻象，他奔着这个幻象走，然后那个幻象又生出另外一个幻象，他又跟着那个幻象走；他一生都在追逐那个不断在变化的幻象，到最后死的那刻实际上他都没发现他真正要找的是什么东西。

蒋方舟：其实，我觉得到三四十岁的时候再看这个作品会更有感触。人在年轻的时候，比如说十八九岁，其实不太会遇到这种问题。因为我们在成年前，某种程度上都会觉得自己是特殊的，自己是被选中的，自己是与众不同的。但是成长的过程恰恰就是一遍一遍地让你发现，你自以为特殊的经历原来是普遍的，你自以为痛彻心扉的失恋是每个人都经历过的，你自以为非常特殊的情感震动是每个人都拥有的。很多人追寻理想破灭的过程就是他一遍遍发现，自己原来是普通的。那人生的路该怎么走？这个摆动其实对于很多人来说都是最痛苦的一个过程。

陈晓楠：斯特里克兰说的一句话我印象很深，他被反复问了很多常态的世俗的问题，他却只说，我必须画画。为什么是“必须”？

朱大可：他骨子里是一个艺术家，他突然间发现自己是，这是一个自我发现的过程。

陈晓楠：他就像一个溺水的人，必须去抓住这个东西，这一刻的这个自我。

朱大可：这是他的最后那根稻草，他必须，否则他生不如死。

蒋方舟：或者说当你感受过真正的艺术所带来的巨大的快乐和痛苦，日常生活的快乐和痛苦对你来说就没有价值了，也不重要了。所以我觉得斯特里克兰必须是一个天才。如果他是小有天分的人，他其实感知不到那种巨大的快乐，他也感觉不到这种必须。但对斯特里克兰来说，这种巨大的情感冲击，这种极致到让他尝过世界上最甜的糖，他已经对其他的糖没有任何感觉了。

陈晓楠：一般的人用社会常识是没有办法理解斯特里克兰的。能理解他的只有德克，而德克本身并不是一个下笔如有神的人，为什么是他？

朱大可：像德克这样的人我是见过的，就在我们的生活里。就像方舟刚刚说的，我很渺小，我的能力够不到那个月亮，但是我有一个榜样，我会把自己的希望和他的人格同化。我希望帮助他，让他实现梦想，他实现了就相当于我也实现了。

陈晓楠：那为什么是斯特里克兰，德克在他身上看到了什么特质？

朱大可：德克是能发现天才的。很多发现天才的人自己很平庸。德克虽然自己不能画到那个程度，但是他一定是被斯特里克兰的画震撼到的。

蒋方舟：就像卡夫卡的出版商也是，他就是觉得卡夫卡特别厉害。最后卡夫卡让他把所有的作品都烧了，他就不烧。他觉得，我一定要把他当天才守护着。道理其实是一样的。

人生就是在月亮与六便士之间摆动

陈晓楠：斯特里克兰很晚才开始学画，他并不是一下子下笔如有神的那一类画家。但是能不能画好，能不能卖好，好像他都不是很在乎，他到底在乎什么？

蒋方舟：我觉得是纯粹。其实还有一个关于信念的问题。我也曾经被问过，你觉得天才是什么？天才本质上是一种自我认知。很多人会觉得天才、天赋很重要，但是我觉得你对于天赋的信念，对于天才的信念，某种程度上比天赋还要重要。你有天赋，可你的画卖不出去，得不到市场和外界的认可，自己慢慢就会丧失信心。但是你对天赋的信念是非常重要的。你要相信，一定有一个彼岸，我是可以过去的。一定有一个境界，我是可以达到的。就这一点，不是所有人都拥有。真正的天才，以及到达那个彼岸的，他一定是两者都有。后者，这个信念，很多时候被解读为一种偏执。就是你不知道他为了什么，但他就是有一种无条件的相信。

陈晓楠：这本书里有人性中很残酷的一面，就是在你追求的过程当中，你并不知道，自己是不是那个被选中的人。

蒋方舟：这个事情很残酷。比如说，很多人看到李安的传记，说他是从三十岁开始从事艺术开始赚钱的，我也可以。但大部分人都死在了半路上。其实对大部分人来说，缺乏的从来不是孤注一掷、不顾一切的勇气。我们每个人内心都想放飞自我，但是大部分人，或者押错了地方，或者误把这个热情当作是才华，然后走上了一条不归路，而且这条路很快又走到了死胡同。这是没有办法的。

陈晓楠：他写出了人生的真相。

蒋方舟：是的。前段时间我遇到这样一件事。我去参加一个活动，活动结束时，一个年轻人拿着他的书稿找到我，说你还记不记得两年前，我在一个签售会上见过你，你给我写下了一句话：相信文学的力量。回去之后我就辞职了，抛妻弃子。

陈晓楠：你责任大了。

蒋方舟：我当时就有给他下跪的冲动，我想说我对不起你。因为我不负责任的鼓励，让他相信自己的天赋，让他觉得他可以是一个独立于社会秩序之外的人。但是，很残酷的现实是，首先他真的没有这样的才华，另外他也没有办法独立于他周围的社会秩序。

我回给他一句鲁迅先生说的话：但令爱人不挨饿。当年有青年学生给鲁迅写信说："我看了你的文章很感动，我要实现理想，我不要现实。"鲁迅先生回信时就有这句话："但令爱人不挨饿。"我觉得特别好，就是说你实现所有理想的前提是，你不要让你的爱人饿着，这是你身为社会人的基本责任。所以我当时就把这句话回给他。我说，你先暂时不要相信文学的力量了，你先不要让你的爱人挨饿吧。

陈晓楠：稍微剧透一下，在书的结局，在塔希提岛上，画满了壁画的屋子，似乎是这个故事更大的高潮。

蒋方舟：对，按照一个自我完成的角度，斯特里克兰其实经历了三个阶段。第一个阶段是逃离，他逃离了现有的生活，也是一个自我放纵的过程。放纵自己的天赋、才华，放纵自己的情欲，放纵自己的生活。最后在塔希提岛上，他其实又完成了一个自我救赎。当他完成那幅画的时候，他之前做的所有不可理解的事情，一下子都可以理解了。他之前的生命，所有的矛盾，所有的痛苦，都瞬间瓦解。

陈晓楠：毛姆说，我本来是写一个特别自私的、绝情的、可恶的、好色的人，最后却把他写成了一个伟大的理想主义者。

蒋方舟：不是所有人都可以看到月亮。千万不要因为讨厌现有的平庸生活，就假装自己能看到月亮，因为天才，或者说天赋，真的很少人有。但我觉得《月亮与六便士》其实对应给我们的一个问题是，究竟为他人而活，还是为自己而活。不是所有人都应该去从事艺术，但是所有人都应该为自己活那么一次。因为我觉得人生最怕的三个字就是“不甘心”。很多事情没有尝试过，你自己已经把这个热情浇灭，然后自己向自己的理想做一个妥协。你只有尝试过一次，哪怕一次，即使是失败了，你再回到平庸的生活，去捡六便士的时候，你还是会感觉到，至少我是看过月亮的。

陈晓楠：试过？

蒋方舟：我试过，我看过月亮。我觉得这其实就是一种小小的对自我的救赎。

朱大可：我觉得人生就是在月亮与六便士之间摆动，这就是永恒的真相。人永远是在摆动，最后你落到哪一点真不知道。大部分人会落到六便士上，少数人奔向了月亮，但都没有关系，这就是我们生命里的两极。我们就是这样的，在这两极当中行走，一直到我们的终点。

关正文：无关便士的月亮

很多人都说这本书说的是理想和现实的矛盾，可惜不是，因为所谓的理想和现实往往是可以相互包容、相互妥协的。很多有才华的画家同样名利双收，就说明了这个问题。斯特里克兰公认的原型是高更，看了不少关于这本书的评论，最让人绝望的，就是更多人实际上是站在六便士的角度去看斯特里克兰的。大家先看到的是，当月亮换不来便士的时候，有人还是坚持选择月亮，就觉得这很了不起。比这更了不起的是，这个月亮最终换来了太多的便士，产生了极具内心震撼力的效果，让斯特里克兰的所有付出都物超所值，牺牲更加可歌可泣。这真是太荒唐了。如果斯特里克兰的原型不是高更呢？这个故事还会让人心潮澎湃、心有戚戚吗？

这也是书中叙述者的困惑。他一直在算账，纠结于值或者不值。很多旁观的人也在算账，如果你不是天才，那就别铤而走险，因为如果没有成功，没有震惊世界，耽误了现实的幸福，就是不值。毛姆隐藏在书的后面，书写了所有的这些纠结，并且以斯特里克兰最终作品的价值连城，满足了大家患得患失的爱好，为故事画上了足以宽慰众生的完美句号。很多所谓的只问耕耘的人，终究还是为了收获，只是不问而已。

实际上,大家都忘了一句话:如果你掉进水里,不游泳就会淹死。斯特里克兰从未计算得失，他投身其中的不是个人的爱好，不是理想的感召，跟吃苦、奋斗、牺牲、奉献半毛钱关系都没有，跟是不是天才，能不能创新、突破、成功半毛钱关系都没有。

那这个人的故事到底跟什么有关？推演到这一步，这才真的变成了有效的问题。

顾城曾经问过我一个问题，你说葛朗台爱钱，真的是贪婪吗？

一本好书

第二本书 × 霍乱时期的爱情

爱情，
首先是一种本能，
要么生下来就会，
要么永远都不会。

《霍乱时期的爱情》是《百年孤独》作者加西亚·马尔克斯在获得诺贝尔文学奖之后完成的第一部小说，被誉为“人类有史以来最伟大的爱情小说之一”，也是所有人一生最该阅读的图书之一。这本书讲述了一段跨越半个多世纪的爱情史诗，穷尽了所有爱情的可能性：忠贞的、隐秘的、粗暴的、羞怯的、柏拉图式的、放荡的、转瞬即逝的、生死相依的……马尔克斯曾说：“这一部是我最好的作品，是我发自内心的创作。”

19世纪末20世纪初的哥伦比亚，疯狂的爱情如霍乱一般横行。年轻的接线员弗洛伦蒂诺·阿里萨对费尔明娜·达萨一见钟情，二人私订终身，却遭到费尔明娜父亲的反对，感受到恋情虚无的费尔明娜离开了他。在此后漫长的岁月里，爱情成了阿里萨的信仰，他活着的每一天都是为了能和费尔明娜重逢，向她宣布他那不变的爱情。

一个人能为爱等多久？这本书给出的答案是：五十三年七个月零十一天。

相思病具有和霍乱相似的症状，却只能由时间和爱情治愈。

【作者简介】

加西亚·马尔克斯，“魔幻现实主义文学”代表作家。1927年出生于哥伦比亚马格达莱纳海滨小镇阿拉卡塔卡，童年与外祖父母一起生活。1936年随父母迁居苏克雷，1947年考入波哥大国立大学，次年进入报界。20世纪50年代开始出版文学作品。60年代初移居墨西哥。1967年《百年孤独》问世，1982年获诺贝尔文学奖。1985年出版《霍乱时期的爱情》。加西亚·马尔克斯被认为是20世纪的文坛标杆，“无争议诺贝尔文学奖得主”。诺贝尔文学奖颁奖词称，“他以小说作品创建了一个自己的世界，一个浓缩的宇宙，其中喧嚣纷乱却又生动可信的现实，映射了一片大陆及其人民的富足与贫困”。

【角色】

老年阿里萨：王洛勇

少年阿里萨：杨闪闪

老年费尔明娜：任怡洁

少女费尔明娜：徐源

青年费尔明娜：闫鹿杨

一场史诗级别的病

《霍乱时期的爱情》绝不仅仅是一个懵懂少年好事多磨，最后有情人终成眷属的简单故事。实际上除了爱情之外，伟大的加西亚·马尔克斯还用他娴熟的笔法和丰沛的感情描写了瘟疫、战争、青春、死亡、生命、时间等或细致或宏伟的主题。

阿里萨和费尔明娜，两个个体在时间长河中沉浮，却因为极致的爱恋或病或愈，或明或暗，或喜或伤……小说塑造了一段横跨半个多世纪的爱情，这同时也是一场史诗级别的病。

爱情是会让人得病的

当阿里萨第一次见到费尔明娜，他开始变成爱情的孤独狩猎者，他开始出现在她会出现的场合，他开始写甜蜜的信。终于，他鼓足勇气亲手把第一封信交给了费尔明娜，于是他开始等待回信。

就在等待的过程中，他开始上吐下泻，倒不像是相思病，更像是霍乱。在整个故事当中，霍乱的疫情和炽烈的爱情总是形影不离，爱情是会让人得病的。马尔克斯给出了那个文学史上光芒万丈的隐喻：霍乱时期的爱情。但如果反过来想呢？苏珊·桑塔格说："所有疾病，都是变了形的爱情。"

你的世界，是她的幻觉

在经历了求婚和答应、写信和回信、等待与归来的漫长时间之后，阿里萨在这个城市最肮脏的地方终于再次见到了费尔明娜，那里充斥着各种坏家伙和下流的东西。阿里萨不想让她受到伤害，挺身而出："这可不是花冠女神该来的地方。"没想到，她只是冷冷地说了一句："不，请别这样，忘了吧。"那天，阿里萨收到一封来自她的只有一句话的回信："今天见到你时，我发现我们之间不过是一场幻觉。"

之后，她嫁给了"黄金单身汉"乌尔比诺医生，而他放下了心中最后的疯狂，开始自己的远行，仿佛是要实现自己早已抱定的离开的决心，但是他的心却迈不动脚步，他的生活始终和费尔明娜有关。

生而为爱，我很抱歉

爱情，扎进阿里萨的骨头里了。在离开费尔明娜的日子里，他开始帮人代写情诗，他甚至在写公文的时候都无法避免地带入情诗的口吻。他变成了一个诗人，不，阿里萨天生就是一个爱情的诗人。当然，他也同时拥有了诗人的极端和忧郁。

他试图用不同的女人来换取自己对于爱情的免疫，但病却越来越重。这种单方面的纠结、郁闷、沉落，同时伴有玫瑰色的光泽和腐烂的气味。

一场相思病，终日不得治。

我的人生，是你的镜子

多年后，阿里萨在一个餐厅隔壁桌的女人们中看到了她，这是一次与费尔明娜的“重逢”。两桌人，两个世界。费尔明娜走后，他买下了那个餐厅的一面镜子，因为这面镜子曾经装下过他心爱的女人。他把这面镜子放在家里。

这是一面镜子，它不是照片，不是肖像画。但在阿里萨的心里，任何费尔明娜存在过的时间和空间都值得纪念。

再仔细想，他的整个人生，就是费尔明娜的镜子。

一生一世

故事的最后，阿里萨和费尔明娜这一对男女，这一对老年人踏上一艘船，迎着霍乱旗，要一直不再上岸，一直往前走。

马尔克斯在这里留下了那个被无数人称道的动人结局。最后那船长问：“见鬼，那您认为我们这样来来回回的究竟走到什么时候？”在五十三年七个月零十一天以来的日日夜夜，弗洛伦蒂诺·阿里萨一直都准备好了答案。“一生一世。”他说。

一本好书 名家解读

史　航：爱情就是，当你出现你就是光源，其他只是被你照耀的一个普通东西。

吴伯凡：他是“一体两制”，腰部以上是精神，腰部以下是肉体，一种爱情两种表达。

陈晓楠：一个人演出了一部史诗。

爱情的本质是幻想能摆脱孤独

陈晓楠：爱情是亘古不变的主题，谈爱情为什么一定要看这本书？

史　航：因为这本书说出了爱情的本质。爱情的本质就是感受孤独、面对孤独，最后幻想能够摆脱孤独，基本就耗尽一生的所有。人们正是因此才追逐爱情。我们说这是人类最伟大的爱情小说，原因在于，阿里萨自始至终不忘初心。他用一生在忙这件事儿，与他有什么社会地位、有什么社会成就、有什么政治信仰没关系。他就是为爱情而生的人，不是个情圣，但起码是个情种。但你后来发现，他也不是光惦记这个人，为其守身如玉五十年，他挺忙，他没闲着。我们普通人不能说忠贞到我的生平没有第二个人，而是当你出现你就是光源，其他只是被你照耀的一个普通东西。所以就这点来说，他给我们一个标准。给你一个标准的东西，往往它就是经典。

吴伯凡：好多年前，我自己在写一本书，叫《孤独的狂欢》，里面有句话很多人都在传播："孤独是一个人的狂欢，狂欢是一群人的孤独。"这是怎么来的呢？就是从这主人公身上发现的。他既孤独又狂欢，他孤独是因为他得不到费尔明娜，极其孤独，为了治好这份孤独，治好这份病他就要吃药，吃什么药？就是不停地跟别的女孩子交往，尝遍人间各种各样奇奇怪怪形形色色的爱情。为什么呢？为了不想起她。对阿里萨来说，这世界就两种女人，一种叫费尔明娜，一种叫其他一切。这两者，狂欢的那一群和他因为得不到而让他倍感孤独的这个人之间，并不矛盾。我甚至说他是"一体两制"，分裂的爱情，腰部以上是精神，腰部以下是肉体。一种爱情两种表达，对他来说，一丁点儿都不矛盾。

陈晓楠：你们怎么看这个少年燃起来的这样一份无比炽热的爱情？

史　航：咱们老说是爱上爱人还是爱上爱情？因此，很多人在重塑自己的初恋。有些人看个跟前任有关的电影，都要@好多人，他是自己给自己修着神庙、修着纪念碑的人。我这辈子别的平常无奇，但我总算是爱过一些特别的爱人，这方面是他对自己一生的一个安身立命的概括。对阿里萨而言，即使明明这是个事故，因为那女孩没那么爱他，但对他来说，一定要把这个事故变成一个故事。

陈晓楠：一个人演出了一部史诗。

吴伯凡：他是 1∶622，他一生经历了 622 个女朋友，就是为了治好这种相思病。我就去接触，我就吃药，不停地吃药。剂量越来越大，而且你一停药就不行，所以就要不停地吃，他一辈子就拼命地吃药，吃了 622 瓶药。

陈晓楠：那费尔明娜对他是什么感情？费尔明娜后面也开始给他写信还夹藏小树叶，她说了一句话，她要维持这个爱情炭火不灭。

史　航：以我个人不多的感情经验，女孩子对于自己的爱情，有时候就像我养过的鱼。想起来撒一把鱼食，今天忘了撒也不会饿死，明天再撒一把。但有时候对待爱情像我养的猫，猫不能说今天理明天不理，它要你每天胡噜它，要不然人家的情绪就很不稳定。所以说费尔明娜她其实一开始对这个爱情是养鱼的方式，给你一片花瓣，给你一根羽毛，给你写一点东西，抄一首诗、歌词，喂鱼食的东西。但慢慢地，可能会变成养猫那样，我离不开你、你离不开我这样的一个情绪，我们会想未来几十年的光阴。

爱情和霍乱相似又有区别

陈晓楠：霍乱和爱情，这之间最有意思的隐喻是什么？

吴伯凡：书名译成《霍乱时期的爱情》，也是忠于原文。但是我读书有一个办法，就是再取几个名字。《作为爱情的霍乱》，我觉得可以取这么一个名字，首先它是流行病，第二很危险，第三有可能死掉。或者干脆叫《爱情与霍乱》。作者叙述时生怕读者不明白，他有意地、反复地提到，爱情跟霍乱实际上是一回事。

史　航：霍乱这个特点很重要，作为东北人我特别理解这个词，爱情就是我“霍霍（祸祸）”你，“霍霍（祸祸）”就乱了。但爱情和霍乱不一样，霍乱是传染病，一个城同时得的，但没有一个城市突然全恋爱，所以说，霍乱是同时的，爱情是依次的。霍乱是公开的，爱情是私密的。起码一开始是私密的，喜欢那天我自己都不知道，隔了半个月我才发现这个事儿。就跟服了毒药，五步断肠，得走到五步一样。所以说霍乱跟爱情相似又有区别，互相丰富了对方的含义。

吴伯凡：费尔明娜认识她的丈夫乌尔比诺医生，就是因为去检查一场误以为是霍乱的病。结尾的时候，阿里萨和费尔明娜在那艘船上，他们突然想要不被别人打扰的时候，用了一个什么办法？船长说，只有一个办法，说这艘船上已经染上霍乱，挂了一面霍乱旗。在霍乱旗的保护下,他们享受最纯粹的爱情。小说里，一直是把霍乱和爱情连在一块说的。

陈晓楠：这个隐喻是贯穿始终的，这个霍乱侵害了人，就是侵入人的有机体之后的所有的反应都和爱情是特别相关的。

吴伯凡：而且他们俩得的都是假霍乱，他是每次上吐下泻，因为想她；她是因为一场假的霍乱，结果给嫁出去了。这个情节安排，特别有意思。一个爱上爱人，一个爱上爱情。

陈晓楠：你们觉得这种炙热的可以持续一生的爱情，现在还有人相信吗？

史　航：我觉得世界上有化整为零的事儿，就有化零为整的事儿。你不要以为这个时代就永远是化整为零，一个爱情大蛋糕最后变成一堆的碎点心渣子了。我觉得有些人是，我就不想谈恋爱，我就随便好一好、乱一乱、“霍（祸）”一“霍（祸）”就行了，遇上爱情他就陷进去。任何时代都没办法阻止化零为整，也就无法阻止化整为零。换一个说法，就是任何时代都没法阻止化整为零，那它也就不能阻止化零为整。

陈晓楠：而且爱情是世间最无法预期、无法解释、无法下判断的。

吴伯凡：关键是没法定义的。你说什么叫爱情？世界上有且只有两种悲剧，一种悲剧是得不到我们所爱的人，另一种悲剧是得到我们所爱的人。而且我觉得只有一种属于爱情，就是得不到。我又想起张爱玲的《红玫瑰和白玫瑰》了，阿里萨因为得不到，不管怎样，费尔明娜都是美的，只要他没有得到，她就是朱砂痣。《诗经》中的恋人，从来都是被水隔开的，你看每一首诗，它基本上都是被水隔开的，因为被水隔开，所以就是爱情。换句话说，分离对于爱情有两种：身心分离，这是对于一个人来说的；还有一种，如果对于两个人来说，只有分离才是爱情，五十三年七个月零十一天的分离，他们的爱情因为分离所以冷冻，所以保鲜。现在相信爱情的人特别少了，说什么爱情就像鬼一样，人人都听说过，人人都没见过，你要真见到那就是见了鬼了。因为什么？因为分离的障碍现在越来越少，但是如果真的是有那种致命的障碍的时候，我相信爱情一定会出现。

陈晓楠：之前费尔明娜还写了告别信，即便遭到父亲死亡威胁时都把发辫寄给阿里萨，但三年之后，她用一个手势就把这一切清除了，这是怎么回事？这种崩塌怎么样来理解？

史　航：我觉得有个特别有意思的事，就是在于相见不相识。首先在码头上，费尔明娜就回来了，从阿里萨眼前经过，他认不出来了。这是因为什么？因为他对爱太执着了，他只记得你三年前那个样子。就是你稍微有一点跑偏，我都不觉得是你。弱水三千，只取这一瓢饮，多一瓢少一瓢都不是你。但是，费尔明娜最后在小店铺，忽然听到一个颤抖的声音，听声音还很喜悦，但一看脸，这个人根本不是我在等的人。这是因为什么呢？她也是一种相见不相识，但一旦认定就发现，这不是我要的人。所以这两个人的一个专注，一个不专注，他们都会错过。这里面还有个有意思的就是退还信件这件事情，因为退还信件这件事情是悲剧中的悲剧。把青春的所有的热情给你对折起来看，让你自己看看这是什么鬼样子。

陈晓楠：这就好像是你得了一场霍乱，我现在给你看的就是你的这个“得病”的诊断书。

史　航：所以为什么说它是很伟大的一部爱情小说呢？它写的不是外力的残酷，是咱俩之间，加上时光本身，完成的这个残酷。

陈晓楠：费尔明娜当初爱上他也是真实的感情对吗？怎么理解她的这个爱情？

史　航：这么说吧，阿里萨爱上爱人，费尔明娜爱上爱情。但是当时爱的时候，是两个人在同一片海洋中间，你不管它是温带的海洋还是热带的海洋，起码是同一片海洋。但是现在问题在于，哗，一个浪下去，俩人都被搁浅在沙滩上，这就发生不一样了。一个呢，是起来转身就走的费尔明娜，而阿里萨是什么？是那大海龟，翻了个儿了，就没人帮他，他一直就这个姿势。这个搁浅感,这个翻不过身的感觉其实是很尴尬的。看这个尴尬反而让我站在阿里萨这边，不是因为我也是男人，而是因为他更调动我们的情绪记忆。我们志得意满的时候我们不记得，但我们最尴尬时就能记得。就这个概念，我们的认同感就特别强。

吴伯凡：阿里萨入戏很深，他甚至入戏变成了他的一种生活和工作方式。他去当那个电报员，写那个商务信函，都是用诗歌体的，非常不像话。而且他还有一个职业，代写情书。这一辈子，他没干别的，他真正的职业就是写情书。他一辈子就在写那首诗，用不同的语句，写了五十多年。

陈晓楠：可以这样深深爱一个人，是不是也是一种天赋？这是不是不是每一个人都可以？

吴伯凡：天赋，绝对，因为他是诗人，他能够把生活的这些场景、情景给极度地戏剧化、诗化。他的整个世界都被他自己诗化了。费尔明娜就在现实当中，但她心里还是有一个本能，她心里那个虚拟的世界，她还是渴望的。要不然，最后两人是走不到一块的。两个说白了都是双重收获，一个虚拟现实，一个现实虚拟。这样呢，各过各的，分头过了五十三年，断了，再回过来，结尾很漂亮。

真正的浪漫是当你老了，咱俩好了

陈晓楠：那么爱情到底是什么？

史　航：我替阿里萨回答就是，什么样的回答能够得到你，我就选择什么样的回答。你说我是执念，如果你能高兴，那可以；你说我是爱情、是爱人都可以。其实爱到最后我觉得就是不择手段，但是很重过程，直奔结果就没意思了。所以，他就是最后一次拉小提琴那一块，我真正看到痛苦在人世间一个具体的呈现形式，你终于看到痛苦这两个字垒成的轮廓是这样的。这个时候因为他自己书里也说，对痛苦津津乐道，是没有教养的表现，但他不是津津乐道，他是在刻画。我想讲一个小故事，也是马尔克斯影响我特别深的一个故事。

他说一场战争结束了，一个士兵给妈妈打电话说，妈，我要回去了。妈妈说，孩子我很欢迎你。士兵又说，我要带一个战友回去。妈妈回道，那我也很欢迎他。士兵说，不过他只有一只眼睛、一只胳膊和一条腿，他是个残疾人，妈妈我能带他回去吗？妈妈回道，孩子我很爱你，但你这样真的太让妈妈为难了，咱们家怎么能接受这么个怪物？士兵最后说，对不起妈妈，你放心，我不带他回去了。挂了电话之后，这个儿子就自杀了，因为他就是一只眼睛、一只胳膊、一条腿的那个怪物。所以，这个故事它也是一个事实的故事，就是英阿战争之后的故事，但同时也是一个人类境遇的寓言。就是我想把这个痛苦想象成是别人，但是我必须面对他是我自己，所以最终被妈妈拒之门外的就是我自己，把亲情剥去就是不能接受一条腿的人跨过我的家门。所以，爱情史诗最大的特点是，不管你是出版商，你是评论家，你是什么人，你总会面对那个勾起你自己有关回忆的东西，你没法傲然宣称这书跟你毫无关系。

陈晓楠：爱情确实是最没法逐字逐句拆解了，去分析的。所以我们也问不出什么答案，它就是如此。

吴伯凡：我读书的时候喜欢找关键词，我看哪些词的出现频率高，有时候频率不高，但是相关性很大，时不时弄出来一下。在关键的时候，“幻象”“幻觉”“错觉”这些词经常会出现。还有一个很有意思的符号性的东西：“茄子。”费尔明娜说将来有一天，如果是你娶了我，你可以让我不吃茄子吗？阿里萨说这太容易了，在他看来这算什么要求，因为他怀里揣的是玫瑰。就是茄子和玫瑰，它是代表两个世界的，玫瑰当然是爱情，茄子就是日常的生活。而费尔明娜小时候就特别不爱吃茄子，因为不吃，逼着她吃，最后吐得特别难受，也像那个霍乱似的。小说有一个情节，就是她嫁给了乌尔比诺很久之后，乌尔比诺医生给她上了一盘新的菜，她也不知道是什么，但觉得特别好吃，说再来一盘。再吃，再吃还觉得不够，她又不好意思说再要了，有人告诉说这是茄子。就是她曾经最讨厌的那个东西，她渐渐地接受了，认不出来了，而且适应它，而且特别喜欢了。生活当中，茄子和玫瑰很难说喜欢哪个。

陈晓楠：你们觉得她跟乌尔比诺之间的这个是近乎爱情吗？那乌尔比诺和费尔明娜之间是一种什么样的爱情状态？

吴伯凡：我只能用一个很笨拙的比喻说，他们比友情多，比爱情少。他们比友情多，所以可以住到一张床上去，比爱情少的时候，你也可以去别人床上。而且，他们搭建了五十年的光阴在这里。这五十年的光阴和那个单相思度过五十多年，一斤棉花、一斤铁，你说哪个沉？按说一斤那就是一样沉，但恰恰不是那种夫妻一直在一起更沉，一斤铁里面毫无缝隙就是一斤。但一斤棉花里有缝隙，缝隙里有空气，加入空气的质量略超出一斤，一斤多。所以，恰恰由于没有在一起，他们才可以加入幻象、幻觉这所有的歪歪想念。最后，其实这一生中间，这个真正更得到我们女主人公的是阿里萨而不是乌尔比诺医生。因为他是那份禁果，禁果分外香，只要被禁止的，只要得不到的，对于她来说，那一定是很好的东西。不止是对费尔明娜，对每个人都是。

陈晓楠：但是，费尔明娜在和乌尔比诺医生爱情的这个状态当中的时候，她自己并没有强烈地意识到这个问题。

吴伯凡：甚至在某种程度上，她已经不再觉得那是一个必需的东西。

陈晓楠：所以，这也正是多年之后，当阿里萨再一次站到她面前的时候，她再重新审视这一段所谓的幻象的时候，迸发出了一些新的东西。

陈晓楠：我们再回到阿里萨一生放纵的622段情缘吧。

吴伯凡：他相当于像现在的小孩子玩游戏，打怪通关，然后，他觉得没有挑战，他就需要更大的，就不停地要玩这么一个游戏。

陈晓楠：占满他的时间。你觉得怎么理解他的这个零宇宙的分离？

史　航：这一切，622次依然是622次幻觉。这么多的幻觉为了证明，我不可能停在这里，我跟每个人的，622次都是归零的，不归零的，是五十多年的爱恋。当然，我这么说其实非常残酷，对于那622个女主人公来说非常残忍，其实是不公平的。

所以我觉得这本书，它给你提供一种可能。以往我们写终生不渝的爱情一定是清场的，不许有别人，就是咱俩的事情，是一对一的爱情。但是，这个里面有622道世俗的光芒或者世俗的味道，依然没有影响一开始的初心，这种写法其实我觉得非常有意思。有一个台词，说“我的心比妓院还多几个房间”。我觉得这个台词特别有意思，妓院是欲望满足，但人不能止于欲望，我比欲望还得多几个房间。空房间，是我来思念的。既然我们已经把它认证为“全世界最伟大的爱情史诗之一”，起码它证明了丰富的、芜杂的、混乱的人生，依然可以被爱情光顾，并被它贯穿始终。

吴伯凡：史老师说的使我想到，我们小学的时候，老师讲作文用过一个词，叫侧面描写，我觉得马尔克斯也用到了一点侧面描写。

史　航：622次侧面描写。

吴伯凡：关键是，这个天平的这一端是622，那端是你，这端继续往上加，也还是不如你，这也是很悖论的一个爱情。

史　航：对，就是以前别人问我对某一个我崇拜的女演员的感情，我说其他女演员是名词，她是形容词，区别就在这儿。名词那600多个或6000多个一样，形容词是用来凌驾于名词之上的。

陈晓楠：我觉得这本书真正让自己内心澎湃的，就是在他们最终老年的那一小段。

史　航：最后是这一对男女，这一对老年人，他们踏上一艘船，迎着霍乱旗，要一直不再上岸，一直往前走。最后那船长就蒙了，说咱们要这么来来去去的究竟要到什么时候？在五十三年七个月零十一天以来的日日夜夜，阿里萨早已经准备好了答案：一生一世。我觉得这个数字才是这部爱情小说真正最重要的。

陈晓楠：而且我印象特别深的，就是说两个老人在死亡面前，他瘦骨嶙峋的手在黑暗中的抚摸，两个老年人之间带着酸气的吻，爱就是爱本身。这种提升，这种甚至在死亡面前，因为你就是那种生命感，在这里面，我觉得那个东西很震撼。

吴伯凡：我想到的是一个琥珀，它就在那儿定格了，永生永世在那个地方。永生永世的意思就是凝固，让时间屏蔽时间、空间，从河流到了一个宽阔的海洋，跟这个世界已经脱离了，就这样，他们的爱情变成了一个爱情琥珀，很美。

史　航：我想起以前咱们老说特浪漫的叶芝那首诗《当你老了》，很浪漫，其实真正浪漫的是当你老了，咱俩好了。光是老了不够，还得咱俩好了。

陈晓楠：爱情是没法一个字一个字拆解出来解释的，书里面最后那一幕的震撼，留在你脑海当中类似琥珀这一刹那的，我们也没法用我们的语言一个字一个字去拆解。可能只有留在你真正读到书的这个结尾的那一幕，你自己去感受。

关正文：过尽千帆皆不是

我们没有经历过霍乱时期，但是经历过非典时期、新冠时期。瘟疫流行，每天都有生死悲歌，但其实大多数人因为不能出门，封闭于并无危险的末日，反而最适合经历一场忘记世界的疯狂的爱情。当然，阿里萨和费尔明娜把这个疯狂的故事演颠倒了，他们的爱情之花，最终盛开在了没有霍乱的霍乱船上，制造出了只有他们两个人的霍乱疫情。

这是一个长达半个世纪的等待故事。少年阿里萨爱上了费尔明娜，费尔明娜爱上了这份爱情。故事这么讲，你就能知道这有多残酷。但这个故事的震撼之处根本不是细品这些情爱不对等的套路悲剧。对这种不对等情感顽强的坚持，才是故事的主干。问题来了：你该怎么等？

当然是守身如玉熬尽孤灯、默默祝福、甘愿牺牲，不然你凭什么征服人心、感动世界呢？你看人家《陌生女人的来信》，哪怕你相逢不相识，我也是只爱你一个。这好像才是爱情的榜样。尽管很多人喜欢，但我还是觉得这不过是一个自恋男人的妄想。

马尔克斯笔下的阿里萨活色生香。他当然也被人类的爱情文化洗过脑，守了几年身，但很快就管不住自己的身子，没完没了地投入无数女人的怀抱。说无数其实并不准确，因为他还有个小本子，准确登记着自己辉煌的战绩。那么，说好的等待呢？他是边干边等，并且用过尽千帆的真切体验，不断印证着“皆不是”的内心感受，激励自己永不放弃的爱情。

《一本好书》这一集上线之后，弹幕提问最多的就是：这还是爱情吗？

你爱信不信，《霍乱时期的爱情》是全球公认的最伟大的爱情小说。而且这一伟大跟费尔明娜无关，只属于阿里萨。

读书，可不是让你变得纯洁的。你应该变得思想更复杂才对。

一本好书

第三本书

× 人类简史

我们从出生就已经置身于想象中，
连欲望都受其影响。

《人类简史》是以色列新锐历史学家尤瓦尔·赫拉利的一部重磅作品，主要讲述了我们人类如何将自己从一种无足轻重的猿类，变成了世界的统治者，以及我们如何获得神圣的创造和毁灭的力量。

这本书从文明进化的角度，颠覆式地考问了人类共同关心的几个核心问题：十万年前，地球上至少有六个人种，为什么今天只剩下我们？为什么是人类成了地球的主宰？人类是否真能把握自己未来的方向？我们一直以为的进化，到底是进步还是不幸？

这部书在 2012 年出版后，被迅速翻译成三十多种文字，根据该书改编的课程风靡全球，不仅成为超级畅销书，而且为全球学术界所瞩目，在全世界引发了巨大的热议浪潮。

这部宏大的人类简史，用生动的语言理清了影响人类发展的重大脉络，挖掘人类文化、宗教、法律、国家、信贷等产生的根源，更见微知著、以小写大，让人类在大历史中重新审视我们自己，审视我们周围的世界。

一本好书 精彩书摘

农业的兴起并非一夜之间，而是历时数千数百年的缓慢过程。过去，智人部落的生活就是采集蘑菇和坚果、猎捕野鹿和野兔，他们不可能一下子就决定定居、不再搬迁，而开始耕田、种小麦、从河里挑水。这种改变分阶段进行，每次只是改变日常生活中的一小部分。

在大约七万年前，智人到达了中东。而在接下来的五万年间，智人在那里不用什么农业也能顺利繁衍。光是当地的天然资源，就足以养活这些人口。资源多的时候，孩子就多生几个；资源少了，就少生几个。人类就像许多哺乳动物一样，自然有荷尔蒙和遗传机制来控制生育数。营养充足的时候，女性比较早进入青春期，成功怀孕的概率也比较高。而在土地贫瘠、营养不足的时候，女性进入青春期要来得晚，生育能力也下降。

人口管制除了以上这些自然机制之外，还有文化机制。对于四处迁移的采集者来说，婴儿和幼童行动迟缓、需要额外照顾，会造成负担。所以，当时每个子女至少会相隔三到四岁。而女性能控制这点的方式，靠的就是一天二十四小时都待在孩子旁边照顾着，直到孩子大一点为止（毕竟没多久就得哺乳一次，男人想来干些什么也不太方便，于是可以大幅减少怀孕的机会）。至于其他方法，还包括完全或部分禁欲（有些还用文化禁忌来支持这种做法）、人工流产，偶尔还有杀婴。

在这漫长的数千年间，人类偶尔会吃吃小麦，但绝非以它为主食。而在大约一万八千年前，最后一个冰河时代结束，全球气候变暖。随着气温上升，降雨也增多。在中东，这种新气候非常适合小麦和其他谷物生长，于是这些作物也繁衍蓬勃。人类的小麦食用量开始增加，并且在不经意间助长了小麦的生长。当时采集到野生谷类，必须先筛一筛、磨一磨，再煮过之后才能食用；正因如此，人类采集这些谷物之后，要带回他们居住的临时地点来处理。小麦种子粒小而多，在送回部落的途中必然会有一些掉到地上。慢慢地，人类最常走的路径附近或是居住营地的周围也就长起了越来越多的小麦。

甚至，人类放火烧毁森林和灌木丛的时候，等于帮了小麦一把。大火清掉了乔木和灌木，于是小麦和其他草类就能独占阳光、水和养分。在小麦生长特别茂盛的地方，猎物和其他食物来源也丰富，于是人类部落逐渐能够放弃四处流浪的生活方式，在某地住上一个季节，甚至就形成永久聚落。

一开始，他们可能待上大约 4 个星期来收获小麦。等到过了一个世代，小麦数量和面积大增，于是他们得待上 5 个星期，接着就是 6 个星期、7 个星期，最后终于形成永久的村落。在整个中东地区，都能够发现这种定居下来的证据，特别是在黎凡特地区（Levant，指地中海东部沿岸及岛屿）更是常见。从公元前 12500 年到公元前 9500 年，黎凡特曾有十分兴盛的纳图芬（Natufian）文化。纳图芬人属于狩猎采集者，以数十种野生物种为生，但永久定居在村落里，大部分的时间都在辛勤采集、研磨各种野生谷物。他们会盖起石造的房舍和谷仓，储存粮食以备不时之需，还会发明新的工具，像是发明石镰刀收割野生小麦，再发明石杵和石臼来加以研磨。

而在公元前 9500 年之后，纳图芬人的后代除了继续采集和研磨谷物，还开始以越来越精细的手法来培养种植。采集野生谷物的时候，他们会小心留下一部分，作为下一季播种之用。他们也发现，播种的时候如果把种子深深埋到地下，而不是随便撒在地面，效果会好很多。于是，他们开始犁地整地，也一步步开始除草、防虫、浇水、施肥。随着越来越多的心力时间都用来种谷物，采集和狩猎的时间也就被挤压。于是，采集者逐渐变成了农民。

然而，从采集的野生小麦变成种植驯化的小麦之间并没有一个特定的分界点，所以很难断定人类究竟是什么时候进入了农业时代。但是，到了公元前 8500 年，中东已经四处散布着像是杰里科这种永久村落，村民大部分的时间就是种植培育着少数几种驯化后的物种。

随着人类开始住进永久村落，粮食供给增加，人口也开始增长。放弃过去流浪的生活之后，女性也可以每年都生孩子了。而这时婴儿也较早断奶，而以粥来代替。毕竟田里需要人手，妈妈得赶快回到农活。然而，人口一多，就耗去了原本的粮食剩余，于是耕种面积又得加大。这时，因为人类开始定居在易有疾病肆虐的聚落，孩子吃母乳的比例越来越少，吃谷类则越来越多，再加上得要共享这些粥的兄弟姐妹也越来越多，让儿童死亡率一路飙升。

在大多数的远古农业社会里，至少三分之一的儿童无法长到二十岁成人。然而，人口出生的速度仍然大于死亡速度，人类养育子女的数字也居高不下。

随着时间过去，种麦子这个原本看来划算的选择，变成越来越沉重的负担。儿童大批死亡，而成人也得忙得满头大汗，才能换得面包。公元前 8500 年杰里科人过的生活，平均来说要比公元前 9500 年或公元前 13000 年更为辛苦。但没有人发现究竟发生了什么事。每一代人都只是继续着上一代生活的方式，在这里修一点，那里改一些。但矛盾的是，一连串为了让生活更轻松的“进步”，最后却像是在这些农民的身上加了一道又一道沉重的枷锁。

摘自中信出版社《人类简史》

【作者简介】

尤瓦尔·赫拉利，出生于1976年。以色列历史学家，牛津大学历史学博士，耶路撒冷希伯来大学历史系教授，全球瞩目的新锐历史学家，是学界公认的“青年怪才”。代表作有《人类简史》《未来简史》。《人类简史》作为“国际畅销书”，得到过比尔·盖茨、扎克伯格的书单推荐。《未来简史》被英国《卫报》《泰晤士报》评为2016年最好的图书，入选比尔·盖茨推荐的夏季阅读清单。

一本好书 剧场

讲述人：王自健

一本有野心的书

《人类简史》让以色列学者赫拉利一战成名，这本书以全景式的历史洞察和史无前例的新颖观点受到关注，被认为开拓了我们认识人类发展的疆界。同时，这本书对庞杂史料是否进行了准确的整理？对于历史重大时间的剖析是否过于片面？对于革命本质的结论是否过于粗暴？这些质疑的声音，也从未停息。

作者通过认知革命、农业革命、人类的统一融合和科技革命四个步骤，阐述了独到的人类简史。在他笔下，各个学科的边界被一次打破，以革命为线索，这本书为我们展现了一幅新颖的人类发展图。同时，革命的双面性也在他的思辨中慢慢清晰，我们在一次一次地成功，也在一次一次地失败。

《人类简史》是一本有野心的书，但从野心到胜利的路途未曾平坦。

你可能误会了你祖宗

我们更愿意把我们过去的祖先想象成猎人，一人一狗走天涯。但事实上，他们更像是走到哪儿吃到哪儿的盲流。

如果人类部落每四十年拆伙一次，新的部落再往东平移一百公里，只需要一万年，就能从东非来到中国。在整个地球大路上，最具有破坏性的就是我们这群四处游荡的祖先。以美洲为例，仅仅两千年，我们的祖先就让那片土地上 80% 的哺乳类动物消失了。而那个时候，我们还没有发明轮子，也没有文字……

他们的饮食，得多丰盛啊……

火！

一场意外的火灾让人类发现了这种自然现象的绝妙之处。

因为有了火，人类可以在很大程度上摆脱充满风险的狩猎，获得大量的熟食。不需要集结，不需要武器，不需要冒险，我们的祖先就用火开创了他们的 BBQ 纪元。

但现在回看，这样的逻辑简单到让人生疑。火所打破的，是自然界中蔓延了一万年的规律：弱肉强食。因为火，猛兽的战斗力被化整为零；因为火，猎杀的范围开始以平方公里计算；因为火，朝不保夕的饮食来源变得异常稳定。

太高兴了，人类即使不愿健身，也可以安安稳稳地活下去了。

一切都是想象力的功劳

关于人类之所以能够从食物链的底端爬到顶端，决定性因素从来就争议不断。是工具？是语言？是组织形式？在赫拉利看来，人类之所以能够从备受欺凌到所向披靡的决定性因素是想象力。

赫拉利用一个概念总结了自己的洞见：认知革命。

人类通过自身的生理和心理优势发展出了一套能够独立于客观存在之外的想象系统，也就是说，我们可以相信一些并非眼见为实的东西。在认知的发展过程中，我们依靠想象力创造了一种只有人才会相信的东西。我们会相信一个素未谋面的领袖，我们会相信一个未曾进入的组织，我们会相信一个远在天边的神灵。

正是因为认知革命，人类的实力突飞猛进，从而开始主宰这个星球。

农业革命其实是个坑

在赫拉利看来，农业文明的革命性背后，隐藏着人类发展的困境。

首先，粮食多了，人口规模也不断扩大。反之，人类需要用更长的劳作时间，用更辛苦的劳作强度来给自己生产粮食。于是，采集时期的人类需要改变采摘方式，开始撅着屁股干活儿，腰椎等疾病比例激增，身体素质大不如前。其次，原本是杂食动物的人类不得不因为农业文明的产出而选择更加单一的食物系统，健康状况受到了影响。再次，农业文明发展出了人类的定居生活，公共生活条件恶劣，加之人类停止前行，人群聚集地瘟疫开始流行，各种传染病更容易蔓延。最后，有限的资源和不断增长的生存需要给我们带来了不可避免的局部战争和暴力冲突。

如此刺激的观点当然会引发正反两方激烈的争论。但好处是，在争论中，我们对农业文明的认识开始立体起来。

未来不是终点，而是起点

知道我们从哪里来，是为了预测我们要到哪里去。知道我们以前是谁，是为了了解我们以后会成为谁。我们从来都是从过去里看到未来，而《人类简史》的目光不止投向以前，更投向以后。

因此，未来不是终点，而是起点。《人类简史》带给我们的不仅仅是充实的史料和犀利的发现，它更像是一套综合的方法论，让我们在前往未来的途中可以随时翻阅。

陈晓楠：赫拉利的这本书重新用一种看待人类和人类社会的方式去为我们推演历史。

蒋方舟：人类发展和历史的第一步就是所谓的认知革命。

吴伯凡：这本书我对它有一个描述叫“反调串上烧”，它是要唱各种反调，一串一串的。

真正讲的不是史实，讲的是历史逻辑

吴伯凡：这本书在内容和形式上都有一些颠覆点。首先是历史素材可以这样写，基本上赫拉利是这儿挑一点，那儿挑一点，这种历史书以前没看过；第二是他用的这个形式，他用了一种叫简史体的形式，我们知道的简史从《时间简史》到《二十一世纪简史》，到《万物简史》，到《人类简史》，还有一个很奇葩的叫《未来简史》。我觉得很奇怪，为什么？

陈晓楠：还没发生呢，就能简史了？

吴伯凡：《未来简史》的意义跟普通历史的含义是不一样的，说的其实是逻辑，历史的逻辑，是未来发生的那些事背后的逻辑。《人类简史》讲的是人类迄今为止的这一段历史中，背后到底有什么样的隐形玩家、什么样的隐形逻辑在起作用的内容。作者是想把这个逻辑给我们挑明出来，所以他真正讲的不是史实，而是历史逻辑。

蒋方舟：我觉得很有意思的一点就是，当他研究智人的时候，人类不再是这个世界的中心或者是食物链的顶端，或者是世界的主宰。他用一种抽离出来的眼光去看人类。比如说他谈到人类的劣势之一是直立行走，直立行走就导致孩子早产，而且存活率很低。我有一个朋友，他也研究智人，跟我说从智人的角度给你讲讲，为什么会有爱情。他说因为孩子的存活率很低，孩子的爸爸其实是希望孩子能够携带他的基因的，就是以繁衍这样的方式存活下来，所以他必须守在妈妈身边，然后等着这个孩子出生，再照顾一段时间，而不是发生完关系后立刻就走，还得陪伴。这个陪伴后来就成了我们所知道的爱情。

陈晓楠：你要是穿越到远古去想他一步一步这么走过来，你会觉得特别神奇，需要完全用一种新的视角去看祖先。

吴伯凡：有一个图就特别有意思，就是早二百万年以前，人类手里头拿个东西——石头，石头的主要化学物质是硅；在二百万年以后，我们手里头也拿个东西——手机，手机的核心器件芯片是硅。弄了半天，人类二百万年一直在玩石头，但那个石头和这个石头真的不一样了。

陈晓楠：基于很重大的一个科学发现，从基因学新的角度发现人种。

吴伯凡：过去我们学历史的时候都以为北京人、北京猿人、元谋猿人，是我们的祖先。赫拉利基本是下了定论，我们都是夏娃的后代。

陈晓楠：他还有一个很颠覆的看法就是关于大脑，我们一般觉得有大脑肯定特别有成就感。

蒋方舟：但其实是负担。

陈晓楠：而且所有的小孩因此是早产儿。

吴伯凡：一个是早产儿，第二个是生下来以后三岁才走得利落。因为头重脚轻啊，就在这个状态。但这里面有一个特别有意思的东西，是火。火不叫发明，是发现，我们最早发现一场火后，到处都是烧烤。人类逐渐发现烧烤的食物很好吃，吃后有个神奇的效果，特别容易消化，相当于我们人类在体外挂了一个胃。

陈晓楠：我们本来是跑不快的，也不是最高的，也不是最强壮的。尼安德特人把我们一下就给碾压了，怎么突然我们就所到之处把别人全碾压了？

吴伯凡：这是一场逆袭的故事啊！

陈晓楠：对，我们怎么就成了地球的王者了呢？

人类发展的第一步是认知革命

陈晓楠：赫拉利的这本书会给我们带来非常多的、推翻我们过去觉得习以为常的常识，重新用一种看待人类和人类社会的方式去为我们推演历史。我觉得通过他，我们可能会多想一下，思考我们是谁？我们在干什么？我们走向何方？

蒋方舟：对，比如他提到，人类发展和历史的第一步是所谓的认知革命。就是人们开始八卦了，或者人们开始去编制一些概念，而且大家都为这个概念而努力，之后造就了人类一种共同的行动。以这样的眼光来看我们现在的很多行为和概念，比如说为什么要减肥，或者为什么拎爱马仕的包包才是一个阶层的象征，等等；比如说我之前也经历过，跟一个男朋友争吵，到底是曹雪芹伟大还是袁隆平伟大，吵了一周，彼此冷战……

陈晓楠：你们这是文学爱情。

蒋方舟：临近分手的边缘，觉得我们三观不合，但是三观究竟是什么？它影响到我们正常的生活，或者是生存了吗？其实也没有。它真的值得争吵吗？如果你以《人类简史》里的观点，去反推我们习以为常的，或者我们觉得非常重要的事情的时候，你会觉得好像它没那么重要，百事可乐好喝还是可口可乐好喝，真的值得争吵吗？这好像变成一个虚构的概念。

陈晓楠：对，就是这个概念，叫 fiction，就是虚构的概念。我看这本书印象很深的地方，是我们如何能够灵活地大规模协作，使得我们打败尼安德特人，或者别的物种。说到邓巴指数，就是你只能认识 150 个人，然后你要想说指挥 150 个人以外的，你再跟他合作就不太可能。但是我们通过 fiction 来满足了，人类就爆发了。

吴伯凡：这本书我对它有一个描述叫“反调串上烧”，它是要唱各种反调，一串一串的。一共分为四个部分，每一个部分从理论基础到一些案例，还有一些新的科研成果，都把它弄起来，就是来一个一个地颠覆你的公式。这本书最大的娱乐功能是什么呢？就是开脑洞。

我们虚构了相信一个虚构东西的能力

吴伯凡：虚构的问题，我记得我小时候没看动画片，陪小孩看动画片的时候，我看过一个故事叫《咕咚来了》。

陈晓楠：《咕咚来了》，扑通扑通就掉下来了。

吴伯凡：本来最初的那个猴子听见咕咚。

陈晓楠：椰子掉下水了。

吴伯凡：其实是椰子。猴子害怕，就跑了，跑了之后，别的猴子问它怎么回事。它说咕咚，别的猴子就以为是一个叫“咕咚”的东西来了。后来关于“咕咚”的传说就越来越多，只要是一说到“咕咚”大家就特别害怕,用我们今天的话说就是谣言。谣言是不知道出处，不知道作者，流传过程中具有相当大的随机性，而且流传的过程就是一个再创作的过程。有一句话现在叫先造谣再造庙，你要盖个庙啊，你先得讲个故事，这个故事讲完了，这个庙才有意义。现在有些地方搞西门庆故里，好多旅游景点，它都要先讲一个，造个谣嘛。金字塔其实就是先造谣再造庙。为什么造成那个样子的呢，说这个金字塔是太阳的光芒，呈放射状的，当然建起来是个倒立的放射状。这个是太阳神倒射后能够把这个法老带到一个天界去，第一步搞成木乃伊，所以就创造了一个人类历史的大奇迹。如果没有这个谣言，没有这个太阳神，没有这个故事的话，人就不可能有金字塔，所以尤瓦尔就告诉你，这个世界有很多事情，它并不是先有了这个事，再有了一个关于它的故事。常常是倒过来的，先有了这个故事，再有了一个物。生活当中还有包括经济、政治很多方面，你都会发现是观念在先的，你看过去农民起义的时候。

蒋方舟：先有个谣言儿歌之类的。

吴伯凡：基本上大家要先编儿歌的，然后在哪儿弄个石头雕个人，先预埋在那儿，直到过几天。

陈晓楠：对，比如说我们也知道我们是相信一些东西的，但我很惊讶的是，我们这个人种是因为具备了相信的能力，我们以为相信本身就是很自然的，但实际上别的人种并没有相信的能力。我们是怎么具备了相信的能力呢？

蒋方舟：好像只有人具有撒谎和无条件信任的能力。

陈晓楠：我们虚构了相信一个虚构东西的能力。

吴伯凡：邓巴数字讲的是 150 人的这样一个圈子，因为关于很多故事，它是超越 150 人之外的。你又没见过那种八卦、那些谣言，我们相信那八卦和谣言都基本上是没见过的。由于我们相信一个我们没看见的东西，动物它没有这个东西，它看到狮子来了，它才起反应。所以我们相信不是眼见为实的缺陷，应该是一个认知缺陷，同时它就是一种认知优势，使得你能超越 150 人到 1500 人，到 15000 人，到 15 亿人，等等，这就是一个人类和大规模协作的前提。类似蚂蚁是大规模合作的，但它不灵活，它所做的东西都是一个流程，一个程序写在基因里头了。这个基因没写的它就不会干。但是人类会，他举了一个例子，一个德国的老太太活了一百岁，她在德意志第二帝国里头威廉二世时，经历了一战；然后经历了魏玛共和国，又经历了第三帝国，就是希特勒。再到西德，然后又是统一的德国。每隔二十年、三十年，她就会相信一个故事。但蚂蚁不可能说每隔多少年它就相信。蚂蚁没有相信不相信，它的基因已经锁定，但我们人类是不断地在切换自己的故事。

由于你相信的故事不同，导致你后面的行为就不同。如果大家都相信一个故事，那比如说美元这种绿色的纸，大家都相信这个东西有用的时候，它就真的是非常有用的。

不是我们征服了小麦，是小麦征服了我们

吴伯凡：他这本书有两个比较核心的哲学观念。第一个叫什么主体坚信。简单地说就是如果大家都相信一个虚构的东西，这个虚构的东西一定会产生巨大的作用。然后塑造了人类，人类之所以跟其他动物不一样，就是有这样一种能力。第二个哲学的概念就叫异化。什么叫异化呢？就是人在跟物，或者人跟人在合作的过程当中，交易的过程当中，主仆关系的颠倒，

就是你原来是主，比如说乾隆是主人，和珅是仆人，那如果和珅伺候乾隆伺候得足够好的时候，你爽，你舒服，舒服到只要你离开他，你就会难受得要死时，这时候关系可能就颠倒了。所以不是和珅离不开乾隆，而是乾隆离不开和珅，他多次想杀了他，知道他贪了很多，但是都不杀他，所以这就是一个主仆关系的颠倒。

陈晓楠：所以他这里说不是我们征服了小麦，是小麦征服了我们。

吴伯凡：这个叫反循，就是说小麦是这样的，它是一个骗局。当初某个人，特别值得尊敬的一个妇女发现了有个地方在春天的时候长出来一个麦穗，想起来那是去年秋天时她从外面采集植物颗粒掉在这儿了一点点。她发现这个东西长着长着，长了几颗，持续长，这个地方又有很多麦子了。如果是这样的话，到了秋天的时候她会收到很多麦子。这个思维就启发了人类，那我们就不用老远去采摘这些种子，我们就种在这个地方。这不就省事了嘛。我们有的吃了。但是粮食越多，养的孩子就越多，人口就会越来越多。

陈晓楠：需要的也会更多。

吴伯凡：这个人口越多，需要的粮食就越多，你就不停地要。

陈晓楠：在这个车轮上了，下不来了。

吴伯凡：对，你就要扩展你的耕地面积。这一结果导致小麦今天在地球是基因成就最大的一种植物，当然覆盖的面积我忘了具体数字了，就是差不多占了地球将近10%的面积。在这种情况下，到底是谁赢了呢？从小麦的角度来看，就是我借你，我假装给你吃，你也为我扩张我的基因。因为所有的生物就一个使命，就是扩张它的基因。这时候你发现小麦的基因是最真实的。

陈晓楠：不是我们征服了小麦，是小麦征服了我们。比如说脑容量，实际上是在退化。

吴伯凡：你玩这个游戏的时候，有可能被这个游戏给玩了。

陈晓楠：我觉得这本书有意思的是，看它是一本关于历史的书，但实际上直接指向的是，我们到底在干吗？他说他最关心的问题是快乐是什么？痛苦是什么？我们到底在干什么？我们要上哪儿去？所以它是一本奇书。

吴伯凡：增加我们思维的复杂度。

人类成长带来了什么？

陈晓楠：赫拉利用了一个词——成长，就是人类永远在飞速成长，像一个荷尔蒙过剩的青年人，但成长带来的是什么？

吴伯凡：Growth，这个词翻译成汉语应该是增长。增长的神话是怎么来的？你觉得你在成长，真的是你在成长吗？你以为你以为的是你以为的吗？刚才说到了情人节这事，我真研究过，是美国的一个卡片商生产圣诞和新年贺卡的那个卡片上的一次事故，他错估了当时的天气，圣诞节期间他以为可以卖好多那种卡片的，结果由于天气寒冷，各种原因吧，大量的货囤积了，卖不出去。这对他们是灾难，因为一年就卖这一次。你放一年它就旧了。所以老板非常生气，就跟手下的人说不管怎么样，一个半月之内你就必须给我把这些存货给卖出去。可是一个特殊的商品，它跟衣服跟别的东西不一样，过期不候。而且老板说了，一个半月之内你必须解决这个问题。下面的人被老板逼着，一个半月是什么概念？2月只有二十八天，也就是说如果你要完成这个任务，必须在2月14日解决目前压货的问题。所以他们就开始紧张地研发，研发什么呢？不是技术，研发一个故事。从中世纪找到了一个叫圣瓦伦蒂诺的人，持续了一个月的宣传后，很多人都相信了。果然到了2月14日，就是他们完成任务的那一天，这些卡片全卖出去了。

蒋方舟：我是觉得这个成长的概念，让我觉得当今社会最大的一个谎言就是KPI。员工为了KPI，为了一个数字让自己累死累活地上班，甚至导致猝死。

陈晓楠：比如，考核男友。

蒋方舟：考核男友的一种标准，你为我买十二样东西就是好男友吗？到后来我发现KPI是一个很奇妙的东西，首先它不知道谁定出的数字，另外我们假定它第二年必须比第一年增长，其实并不符合人的某种原始的快乐。我后来就发现自己从去年开始找到一个快乐的源泉，就是我把自己每年的KPI定得特别低。我说的KPI就是挣钱的KPI，就是我每年都比去年大概少一点，就在维持最低水平的这样的一个增长线上每年都比去年少一点。这样，挣得多一点我就觉得我是赚了，挣得少一点我觉得我完成了KPI。所以你会发现就是一个心态的转换，我立刻就变得非常非常开心。这可能是属于我的一种精神胜利法吧。

吴伯凡：这个KPI就是我们给自己下的一个套，也可以说是我们给自己讲的一个虚构故事。例如婚纱照，以前结婚哪有，我们的父辈、祖辈根本没听说过。少数人照婚纱照的时候，是一种时尚的象征，但是今天成了刚需，我真的听说过因为不拍婚纱照就不结婚的。

人类的无限性

陈晓楠：赫拉利说像我们认为的危机，能源危机，他认为是个伪命题，那我们真的危机到底是什么？

吴伯凡：他的意思是说，人类现在把不可能理解为我们的知识盲区，或者说我们理解为未知。你说人不可能飞，在一百多年前，只不过你不知道飞行的原理。你说我可以随时跟大洋彼岸的人打电话，可以面对面地说话，你觉得不可能，那只是由于无知，所以他把一切的不可能都理解为知识暂时还没有被揭开的那个东西。那能源呢，能源危机在他看来不过就是人类现在对于能源的开发模式，各种的技术还尚未达到一个比较客观的状态。世界上第一次说石油将会用完的，出现在1857年的报纸上。为什么呢？因为那时候人类勘探石油的能力很低，不知道地球上还有那么多，已勘探的是多少量。

那当然是啊，他一算二十年后就会枯竭。后来每隔二十年差不多都会说一次这样的话，到今天还在说。人类将来如果发明了一种东西，可以直接把太阳能巨量地吸收，那石油就都成了过时的东西。赫拉利的意思就是说人类今天已经开始要逆天了，过去有种种的障碍，今天由于我们掌握了知识类的东西，一切都得突破。但是你突破以后又能怎样呢？

陈晓楠：我们都认为我们的共识使得我们一步一步走向美好的生活。是不是人类的好多的共识也是被牵引着走的？未必是真正选定了一个方向，很多时候是被绑定了，懵懵懂懂或者说莽莽撞撞走到这一步的，我们前方是否有更美好的生活？

蒋方舟：这个考问就是人的本质是什么？比如原来觉得不买包包不能活，现在他告诉你消费主义是谎言，那我快乐就行了。但如果快乐也是一种能够被植入的情感的话，那人的本质究竟是什么？

陈晓楠：很终极的问题，它像钻进一个隧道，你不断地在被植入。

吴伯凡：赫拉利发现人类今天打开了无限性。他今天要问的这个问题是，当你有钱了，又能怎么样。

陈晓楠：你无所不能的时候。

吴伯凡：对，你又能怎么样？而且是契合我们当下的感受。好像这个再怎么解决，不仅不能够让你很幸福，反而会增加你的痛苦指数。比如你为了省时间有了各种各样的车、飞机、邮件、手机等等，但是你变得更忙，更没有时间了。所有争取节省时间的设备和技术都导致我们觉得更没有时间，所有让我们觉得快乐的事情最后变成 KPI 以后，让我们一辈子都处于为完成这些 KPI 疲于奔命的这种状态。这时他已经从一个历史学家跳到了哲学家这样的位置上了。

蒋方舟：这个答案我在想，它其实可能就是人怎么样才能真正获得幸福的答案，这个答案最美妙的地方就在于每个人都会给出不一样的答案。但前提是你必须非常真实地去体验和考问自己。比如说我发现我看书的时候是最美好、最愉快的，这是我给出的答案,就没有一个终极的答案。每个营销号告诉你，你买了这个就可以快乐，你用了那个就可以快乐。不要相信这些，自己真实地去体验、去感受，得出不一样的答案，我觉得这跟我们读同一本书《人类简史》，你也能有不同的解读，是一样的。

关正文：在前进中失败

一个边缘学科，因为一个人，变成了全球事关人类命运的大课题，这是赫拉利的贡献。很多研究成果并非起自赫拉利，比如今天的智人全都来自非洲，比如全球众多物种消失的年代，比如文化的虚妄和科技的危险，都有专项的更精深的著作。但赫拉利是逻辑最清晰的集成者，也是语言最生动的讲述者，还是人类命运最悲观的焦虑者。在赫拉利看来，天都要塌下来了，人类还在执迷不悟地重复着以往的错误，不知死活地一次次落入自己制造的陷阱。

别以为《人类简史》是一部艰深的学术著作，它其实是写给所有人看的大众通俗读物，一位以色列学者写给全世界的国际版《醒世恒言》。它的主要功能不是要厘清我们从哪儿来的问题，而是在讲述人类如何在前进中失败的故事，引出后面《警世通言》般的另一本著作《未来简史》。

要把人类伟大的发展历程转换成不断前进的失败史，这一目标让《人类简史》充满了对我们已知历史概念的颠覆。赫拉利像是一个打碎玩具的孩子，他几乎让所有的美好都变成了丑陋，其颠覆的力度和高发的频次让阅读步步惊心。这个聪明的玩家把一系列颠覆构筑在了众多新近科研成果的基础之上，并且因为论据的可信收获了逻辑的坚实，让我们渴求多元认知、乐于独立思考的阅读需求得到了极大的满足。

比如说，我们以为祖先曾经是与自然万物和谐相处的、值得尊敬的长辈，赫拉利告诉我们，智人从非洲走到全世界，不但迅速吃光了绝大多数大型哺乳类动物，造成了物种的大面积灭绝，而且还灭绝了世界上所有的其他人种。比如说，我们以为对火的掌握是人类文明进步的重要标志，赫拉利告诉我们，人类掌握了火之后干的第一件事儿就是放火烧山，将大面积森林付诸一炬，只为吃上一顿随意捡拾的烧烤。我们以为小麦的驯化和种植是人类文明的又一次跃升，赫拉利告诉我们，人类从此备尝艰辛、互相杀戮、疫病缠身、机能退化。

算了，还是说点美好的吧。比如我们为什么会成了万物的灵长？赫拉利说，是因为我们爱传八卦会编故事，这很扫兴。科学革命、工业化生产、都市化进程，这总该是进步了吧？也不是！

在赫拉利的描述中，人类群体三万年的演化历程，不过是一次次以后世子孙为代价的短期狂欢。放到历史长河中去观察，实在是一次次掉入更大陷阱的灾难。顺着这个逻辑推演，现在的人类又来到了一个关键的十字路口，我们似乎是第一次有可能认识和避免重蹈覆辙。《人类简史》是《未来简史》的序章，但你不能省略这个序章，你必须先要读过《人类简史》，才能感受到《未来简史》惊心动魄的推演和悲天悯人的情怀。

一本好书

第四本书 × 未来简史

研究历史最好的理由：
不是为了预测未来，
而是要将自己从过去中释放出来，
想象是否会有另外一种命运。

大数据、人工智能、物联网，新兴科技正在重塑世界，人类社会正面临全新的议题。当有人宣布未来已经来临的时候，未来的面目依然模糊不清。以色列新锐历史学家尤瓦尔·赫拉利以《未来简史》这种独特的形式，对科技将怎样改变我们的生活进行了全面的推演，并因其对无价值群体将大量产生的预言而广受争议。

该书一经出版便热销全球，在中国发行超过150万册，雄踞年度销量榜首，入选2017年度“大众喜爱的50种图书”，被英国《卫报》《泰晤士报》评为2016年最好的图书，入选比尔·盖茨推荐的夏季阅读清单。

进入21世纪后，智人面临着新的待办议题：永生不老、幸福快乐和成为具有“神性”的人类。未来，人类将面临三大问题：生命本身就是数据处理器，算法将战胜自由意志；意识与智能的分离；拥有大数据积累的外部环境将比我们更了解自己。如何看待这三大问题，以及如何采取应对措施，将直接影响着人类未来的发展。

精彩书摘

第三个千年开始之际，人类醒来，伸展手脚，揉了揉眼睛，脑子里依稀记得某些可怕的噩梦。“好像有什么铁丝网、巨大的蘑菇云之类的。但管他呢，只是个噩梦吧。”人类走进浴室，洗洗脸，看看镜子里自己脸上的皱纹,然后冲了一杯咖啡,打开了记事本。“来瞧瞧今天有什么重要的事吧。”

几千年来，这个问题的答案并没有什么改变。不管是 20 世纪的中国人、中世纪的印度人，还是古代的埃及人，都面临着同样的三大问题——饥荒、瘟疫和战争——它们永远都是人类的心头大患。一代又一代，人类向所有神明、天使和圣人祈祷膜拜，也发明了无数的工具、制度和社会系统，但仍然有数百万人死于饥饿、流行病和暴力。许多思想家和先知于是认为，饥荒、瘟疫和战争一定是上帝整个宇宙计划的一部分，抑或是出自人类天生的不完美，除非走到时间尽头，否则永远不可能摆脱。

但在第三个千年开始之际，人类开始意识到一件惊人的事。虽然多数人很少想到这件事，但在过去几十年间，我们已经成功遏制了饥荒、瘟疫和战争。当然这些问题还算不上被完全解决，但已经从过去“不可理解、无法控制的自然力量”转化为“可应对的挑战”。我们不再需要祈求某位神或圣人来解救人类，而是已经相当了解怎样预防饥荒、瘟疫和战争，而且通常都能成功。

当然，有些时候还是会事与愿违，但面对这些失败，人类不再只是耸耸肩，说“没办法，世界就是这样不完美”或是“这是上帝的旨意”。现在如果再有饥荒、瘟疫和战争爆发而不受人类控制，我们会觉得一定是哪个人出了问题，应该成立调查委员会来研究研究，而且对自己许下承诺，下次一定要做得更好。而且，这套办法还真行得通。此类灾难发生的次数及频率确实都在下降。因营养过剩而死亡的人数超过因营养不良而死亡的人数，因年老而死亡的人数超过因传染病死亡者，自杀身亡的人数甚至超过被士兵、恐怖分子和犯罪分子杀害的人数的总和，这些都是史无前例的。到了 21 世纪早期，平均来说，人类死于干旱、埃博拉病毒或恐怖袭击的可能性，还不及死于暴饮暴食不健康食品的比例。

因此，虽然各国总统、首席执行官和军事将领的每日议题仍然是经济危机和军事冲突，但从整个人类历史的宏观角度来说，人类已经可以看向别处，开始寻找其他议题。如果我们确实已经让饥荒、瘟疫和战争得到控制，什么将取而代之成为人类最重要的议题？就像消防员忽然听说再不会有火灾了，到了 21 世纪，人类得自问一个前所未有的问题：我们接下来要做什么？整个世界已经如此健康繁荣又和谐，我们该把注意力和创造力投到什么事情上？因为生物科技及信息技术为人类带来强大的新力量，这个问题也变得倍加迫切。手上有了这些力量，究竟该如何运用？

在回答这个问题之前，我们对于饥荒、瘟疫和战争还得多谈几句。很多人可能会认为，说这些问题已经得到控制，是个非常离谱、天真甚至麻木不仁的说法。不是还有几十亿人每天只有不到两美元过日子吗？非洲不是还在和艾滋病抗争吗？叙利亚和伊拉克不也正有战争肆虐吗？要回答这些问题，我们得先更仔细地看看 21 世纪早期的世界；至于探索未来几十年的议题，且待后续再谈。

摘自中信出版社《未来简史》

【作者简介】

尤瓦尔·赫拉利，出生于1976年，以色列历史学家，牛津大学历史学博士，耶路撒冷希伯来大学历史系教授，全球瞩目的新锐历史学家，是学界公认的“青年怪才”。代表作有《人类简史》《未来简史》。《人类简史》是“国际畅销书”，得到过比尔·盖茨、扎克伯格的书单推荐。《未来简史》被英国《卫报》《泰晤士报》评为2016年最好的图书，入选比尔·盖茨推荐的夏季阅读清单。

一本好书 剧场

【角色】

讲述人：王自健

虚构的强大力量

在赫拉利看来，人能通过某种假想得出意义，这件事成为人类击败其他物种的奥秘。这种来自集体的想象让人类能够组织起更加高效的工作，更关键的是，我们可以通过这样的想象实现更大的目标：公平公正、无私奉献、上帝至上……

共同想象渗透进入人类的生活。《未来简史》说：现在情况是虚构比真实重要得多。所以，即使没有人真正见过天堂，我们依旧相信它的存在。没有任何一种理论和现象能够证明灵魂，我们依旧相信灵魂的重量。没有任何证据能够证明上帝真的存在，我们依旧相信上帝的力量。

通过这种虚构，我们不但获得了认识这个世界的全新视角，更获得了一种反作用力。我们开始改造自己和改造这个世界。

未来，你可能成为一个无用的人

在赫拉利的预言里，未来，80% 的人都将成为无用的人。

赫拉利说：“我们的一生之中，有时候我们伤害别人，或者被伤害；有时候我们同情别人，或者被同情。如果你去注意体会这些伤害、同情的感觉，你就会越来越敏感，那么这种体验对你来说就是一种很好的道德知识。逐渐你就会分辨对错，成为更有智慧的人，这就是人生的旅程。”

谁愿意去踩刹车？

人类前进的每一步看似都没有毛病。比如整形手术在刚开始是改善烧伤病人容颜的，成熟后我们开始用来让爱美的人变得更好看。人类发现了防止老年人遗忘的方法，就会在技术成熟时拿来帮助想要提高记忆力的年轻人。有了避免遗传疾病的方法，我们就有可能去设计 DNA，改造人类的基因。

突破是一点点发生的，那么治疗和进化就没有了边界。在没有人会放弃的情况下，你愿意放弃吗？谁愿意放弃成为更优秀的自己？

这属于人类的正常欲望，既然如此，人类为什么会踩刹车呢？

长生不老，你投反对票？

我们对于长生不老总有各种各样的想象，有好的，当然也有坏的。我们会怀疑生命的长度是否会稀释人生的意义，会假想世界的发展能否匹配我们的长寿脚步，甚至会在亲情、友情和爱情的框架中去理解长生不死。

但问题的关键是：如果你现在有一个长生不老的机会，你会放弃吗？放弃的人肯定是少数。虽然嘴上不停说着不要，但我们的内心永远在为长生不老摇旗呐喊。

所以，长生不老如果真的出现，我们就必须为长生不死做好准备，特别是思想准备和情绪准备。

一趟开往未来的末班车

赫拉利在《未来简史》中，把未来的人类分为两类，一类是被抛弃的，而另一类被未来选择，继续生活。这个分类其实就是把未来比喻成了一辆末班车。

赫拉利引述了一份预测报告，告诉我们在未来，有多少人会被人工智能代替：保险业务员 99%，运动比赛裁判 98%，收银员 97%，厨师 96%……按照这样的逻辑，人类有很大比例的工作都将被计算机算法取代。同时，即使被取代，未来也能喂饱这些被代替的人。但坏消息是，当无用人群的比例太高，即使你成了没有被代替的人群，你的世界依旧会受到威胁。

到了那个时候，难道真的要像极端说法预测的那样，20% 的人类要给这 80% 的人塞上奶嘴吗？还是，这 20% 的人类中，自己也要成为奶嘴？

这真的是我们想要的未来吗？

人类大脑的缺位及随之而来的取而代之已经发生在我们的现实

生活中。

要实现《未来简史》中的三大目标，就是要对目标进行全面的数据转化，使其纳入科学算法的解决之道，所有海量的大数据处理，都必须依靠机器而非人力所及。随着对人的超越，机器对人的依赖将会越来越少，算法所得出的结果精确到让人类叹服。

这，真的是我们想要的未来吗？

史　航：当人类的寿命被拓宽，你获得的甜头取之不尽，其实是把你的幸福感摊薄了，而不是累积了。

吴伯凡：人本质上就是一台处理各种信息，做出各种反应和决策，从而采取行动的机器而已。

陈晓楠：如果你所有的意志都是机器意志的话，那么你是谁？

未来简史，是未来发展的基本逻辑

陈晓楠：如果说《人类简史》是用卫星之眼来重新看待人的历史的话，《未来简史》就像是用一台望远镜，带我们从一个全新的角度通过历史来看人类走向何方。

吴伯凡：史是过去的事情，未来还没到来，怎么就有了史？这很奇怪，所以先解释一下所谓的“简史”，《未来简史》怎么能叫简史？《人类简史》其实并不是一般的历史书，是在勾勒人类发展的基本逻辑，那《未来简史》呢？是勾勒未来发展的基本逻辑。

陈晓楠：顺着这样的逻辑链条推演下去是什么？

吴伯凡：要读懂这本书得知道作者赫拉利到底是什么样的背景，他是犹太人，在《人类简史》中他说了一个犹太人的基本共识，就是故事对于人有多重要。有国土没故事，这个国土就会没有的；没有国土有故事，这个国土还会重新回来的。人类要想搞事情，就必须从故事抓起，《人类简史》讲的就是故事塑造了历史。赫拉利对未来的观察也是基于他对犹太人的观察，犹太人相信虚构的东西能够产生巨大的力量，最虚构的是什么？是一种叫作天堂的东西。人类要解决的长生不死、幸福快乐还有化身为神，这三样东西加起来是天堂。赫拉利描述的是，在21世纪人类要进入天堂了，而且这个天堂是实实在在的天堂，不是《犹太圣经》里所许诺的那个虚幻的天堂。一个犹太历史学家，写了一个关于未来的、建立在科学技术之上的真实的天堂盛况。

人类长生不老会怎么样？

陈晓楠：史航，《未来简史》是你书单上的书吗？

史　航：本来不是，这四个字只有一个字吸引我，不论我姓什么。

陈晓楠：史。

史　航：是简，够简单，但我后来看它不简单。我觉得在这本书面前我就是一个瞎子，人家看见未来了，我连明天都看不着。所以我一直是摸索，对这本书充满了盲文体系，我在触摸它。我看《未来简史》讲述这几种可能，比如长生不老很好，就是我们最后成为神，还有幸福快乐。但什么是神呢？首先是能力越大、责任越大，是对人类世界的很多事情要负起责任来的人。同样道理，神也不容易长生不死，因为它没生过，所以没法死。神是什么？神是人心头的念想，你是电视上了不起的明星，但不好意思，遥控器在我这儿，我一摁，啪，你就没了。所以这本书对我来说，它是我书单上的书，它让我感到有趣就在于它传播中间的有趣。

吴伯凡：20世纪初，人类的平均寿命，国内外差不多都四十岁，四十岁并不是说那时候的人只能活到四十岁，是因为三分之一的小孩是长不大的，还有很多青壮年会因为饥荒和战争要死掉，所以平均寿命就没有超过四十岁，在三十五岁到四十岁之间。但是经过一百年，到了21世纪初期的时候，人类的平均寿命是七十五岁到八十岁，中国现在有些城市的平均寿命已经超过八十岁了，那就是说一百年，人类的平均寿命就翻了一倍。再过一百年，再翻一倍，那就是一百五十岁到一百六十岁。即使不能长生，一百五十岁也很可观了，但是他跟你描述了好多这样的东西，然后赫拉利就开始说然而，然而又能怎么样？赫拉利会分析，你要是活到一百五十岁，三十岁结婚，你能跟一个人生活一百二十年吗？你三十岁开始工作，你能只做一种工作做到九十岁、一百二十岁吗？美国有一句话就是：许愿要小心。一旦实现长生以后，人类可能就不再有意义。假如人类的寿命一直很长，没有紧迫感，会让人活得浑浑噩噩，就是混吃等死的状态。所谓幸福，是在整个生物进化过程当中，为了奖励你努力，达到目标，设立的一个奖品。

史　航：叫甜头。

吴伯凡：给你开了个甜头，但这个奖品不可能是永远有的，它是在漫长的过程之后，达到这个目的你很爽，这样能爽一下，你不能天天爽。当人特别有钱的时候，生活中没有奖品了，很恐怖的。比尔·盖茨有一个习惯，特别有意思，他早就是世界首富的时候，他的秘书在他参加任何一个会议时，随便发一个 5 美元、7 美元的奖品，他一定好好地保护。丢了以后，他大发雷霆，他觉得生活当中这才是最重要的东西。这个奖品没有了是最可怕的，奖品没有了也就是幸福没有了。

史　航：比如你长期逛潘家园旧货市场，说这儿有一个瓶子多好，你跟人砍了很久的价买了，你觉得很满意，我捡漏了。后来发现有四十多个一模一样的瓶子在另外一个地方摆着，你想把这个砸了，而不是把那四十多个买了。所以当人类的寿命被拓宽，你获得的甜头取之不尽，其实是把你的幸福感摊薄了，而不是累积了。

陈晓楠：作为编剧，死亡是永恒的主题，如果死亡不存在了，是不是好多事情就要彻底改变了？

史　航：周星驰演的电影里说，“为你死、为你亡、为你去考状元郎”，结果考出状元郎也没什么必要了，因为我们都是神，无所不知了。为你死、为你亡，你昨天为我死一回，谢谢谢谢，为什么会这样？反正你还活着，我们的寿命一百五十岁。如果一个人不会死，这是个诅咒。

吴伯凡：说到神，就是人，今天化身为神，其实我们在很多时候已经化身为神，一个是有了手机，一机在手，你可以做古人根本想都不敢想的所有的神，你不就是一个神人嘛。假如我们穿越到宋朝去，别人看到你拿着手机，随便可以搞定各种事情，你不是神人是什么？但是，这又能怎么样呢？而且过去我们都是用附件式的工具，手机、电脑、汽车，这都是我们的身外之物，用身外之物来壮大我们自己。到了2045年，说是生物学意义上的人不存在，什么意思？就是机器开始经过人的皮肤，进入人类的身体里面，它就不再是身外之物，是身内之物了，大量的技术已经成为你的身内之物时，在某种程度上你是化身为神。

陈晓楠：就是一个新物种了。

吴伯凡：对，化身为神又能怎么样呢？

上帝的选民

陈晓楠：我们在医疗方面确实需要进步，我们治疗所有的疾病，就是攻克一切疾病的难关。长生不老就是我们的一个终极目的。跟随这样一趟高速飞驰的火车，接下来会碰到很多的然而，你们觉得最可怕的是哪个然而？

史　航：长生不老这张牌我不想跟了，我觉得无聊。但是，你喜欢的人跟了，你跟不跟他的选择？

吴伯凡：这就是主体间现实，是一个很重要的概念。尤瓦尔特别在乎的一个哲学概念，听起来有点抽象，但是要理解他的书，还真得理解这个概念。他说，人类过去只知道有两种现实：一种叫客观现实，这个东西在这儿，它是客观现实；还有一种叫主观现实，我身上疼，能感受到。但是，我们忽略了一个东西，叫主体间现实。就是我和你之间，比如说这个，这个LV的包，实际成本130块钱，它卖给你8000块钱、9000块钱。你觉得这是件很荒唐的事情，问题是你敢不买吗？因为别人在买。特别贵的车跟特别便宜的车之间，差别其实并不大的。但是，你有时候就为了微不足道的区别，多花几十万去买贵的那辆车，这几十万要多花你多少年的工资，为什么你要去买贵的那辆车？假如这个世界上有鲁滨孙，你在那个岛上，绝对不会干这种事情的。

陈晓楠：就因为你在人群当中，大家都相信。

吴伯凡：人与人之间是互相奴役的，我没想奴役你，但我的存在、我活着就是在奴役你；你呢，当然也在奴役我。

史　航：互相围堵，就让你看不到一条更清晰的道路。

陈晓楠：我觉得还有一个更可怕的现实，就是如果你能活到一百四十岁。

史　航：我以为你是我爱人，最后活到一百四十岁，结果发现不是。

陈晓楠：你以为你想活到一百四十岁就能活到吗？你如果没有成为那个有钱的阶级，你能活到一百四十岁吗？

史　航：年轻人最大的悲剧，就是钱花完了，人还活着。

吴伯凡：但是，以后这种平等就没有了，很多穷人说你是亿万富翁，但你活得还没我长呢，以后，这叫终极不平等，很可怕。总有一天，他会说，我这辈子不如你，我下辈子可能比你好。还有，我不如你，我儿子会胜过你。

陈晓楠：有一群人是可以永远长生不老的，但你是有死亡来界定的，那我觉得都不是一群人了。这种终极的不平等，我觉得已经不是说好与坏之间的差别了，它已经完全是本质的差别了。

吴伯凡：在希腊神话当中，有神界，有人界。《未来简史》的正标题叫“神人”，副标题才叫“未来简史”。神人，在《人类简史》中叫从动物到上帝，是这样的演化过程。《未来简史》就是神人，这个世界，神人的量是很少的，以色列人的一个根深蒂固的观点叫选民。

史　航：上帝的选民。

我们化身为神的时候，是谁化身为神？

吴伯凡：《未来简史》里提了一个概念叫“普遍享有的基本收入”。因为你没用，你连被剥削的价值都没有，那你还是人吗？我们都还是上帝创造的，那该怎么办呢？我们就拿出一点面包屑养很多人，这就叫普遍享有的基本收入。难听点叫混吃等死，赫拉利说这不是幸灾乐祸，是说这种情况将来有可能出现。也就是你活到了一百五十岁，你曾经干过的某些职业会被淘汰。这种情况下，你要有很强的学习能力，要赶紧去学，结果你干了十年，这个产业周期越来越短，又不行了。以前在农业社会、工业社会来临的时候，农业社会很多人会转行，比如做工人、扫地，这种技能不需要特别大的跳跃。但是在这个时代，要么机器都可以做，要么人可以做的是需要极高技能的工作。你很难说，你能从一个技术含量很低的工作，通过学习，然后跳到一个技术难度很高的工作。

陈晓楠：比如二八法则，一般20%的人可能成为精英阶层，80%是无用阶层，以后差不多还是这样一个比例吗？

吴伯凡：以后会是2%和98%这样的比例。

陈晓楠：那有没有一种可能，有的人说我可以当无用阶层吗？

史　航：那就混吃等死。

陈晓楠：但是我很快乐可以吗？

史　航：憨不啦唧，摸着肚子晒太阳。

陈晓楠：因为对生物系统进行了改造，我很快乐可以吗？

吴伯凡：你看过《黑客帝国》没有？那是奴役，很恐怖的。这本书里还提到，有47%的职业很快就会消失。

史　航：到时候什么电话推销员、保险业务员，一个语音就能够完成这一切了，不用这真人去了。

吴伯凡：而且它比你干得要好，还有一些，比如编剧这一行，我跟你说，AI读的书一定比你多。

陈晓楠：但艺术不应该是AI最难模仿的吗？

吴伯凡：《未来简史》里举了一个例子，有一个人工智能的设备，不叫机器人，是一个设备。它把巴赫的音乐，掰开了揉碎了研究，再建立数据。我们读《红楼梦》，要读十遍以后你才发现那些隐秘的细节，这种设备一遍就可以对数据进行很快的消化。之后，它可以一天创作几千首类似巴赫的音乐。

史　航：一切的艺术创作它都可以像魔方一样重新组装。

陈晓楠：《未来简史》里提到，人类会成为一台数据处理器，那人类存在的意义是什么？

吴伯凡：以前我不相信人是一台处理数据的智能机器，现在，学了一些东西，一知半解的，越来越朝着那个方向相信，人本质上就是一台处理各种信息，做出各种反应和决策，从而采取行动的机器而已。当你看到大老虎来的时候，用不着人指挥，不用提醒你的血液要怎么样，肾上腺素你赶紧给我分泌，没有，它完全是一个自动化的，半秒钟，血液就调用到你的肌肉里了，然后你就跑。我们本质上就是一台信息处理机器，一台处理数据的智能机器。我们化身为神的时候，是谁化身为神？是我们吗？是机器！当你的身体基本上被那些设备接管的时候，你觉得那是你吗？

陈晓楠：对，是我们。

史　航：你们这些善男信女，我就是神。

吴伯凡：还有人的不平等，就是对面走来一个人，他体内的零件和我体内的零件是一样的，顶多他身体锻炼得比我好一点，我无所谓，差别都不大。但是，到2045年，我不能确定对面那个人身体的数值和我的差别到底有多大，可能差别一百倍，这一百倍，就是他的设备要比我好得多。他买得起嘛，今天iPhone出来还有的人买得起，有的买不起。这种情况将来会导致人类在寿命上终极的不平等，就是活着，在处理同样机会的情况下，我们设备的好坏，就决定我能否胜出。

你已经被一种数据和模式监管了，但你不知道

陈晓楠：随着科技的突飞猛进，我们热情高涨，很像一场狂欢。但是，在赫拉利的《未来简史》里提到过非常多由于人类的共识所造成的灾难，他重新看待这些事情的时候，我们是否能够因为看到这些灾难而掉转方向呢？

吴伯凡：在《未来简史》中他就说过，集中营奥斯维辛，还有历史上一次次的宗教战争，有很多的灾难都是人类共同相信的一个故事。动物呢？动物之间也会打来打去，它基本上是几十个，顶多几百个打一打，蚂蚁数量比较大，但波及范围很小，人类却有两次世界大战，为什么人类有这么大的威力呢？故事，就是人类能够互相沟通，能够实现大规模的、灵活性的合作。这个合作范围越大，正面的、正向的结果当然也就越大，反向的结果也会越大。在今天，故事表现为更多的互联度，故事就是为了互联的，金融也好，宗教也好，都是为了一说你就懂，能够把更多的人连在一起。今天我们正处在一个过渡互联的时代，大家想一想，如果车联网都变成跟互联网一样的时候，过去你想把一个城市攻下来，几十万上百万大军，围在一个城市里打一年，还打不下来，但今天一个黑客，他可以把一个城市的车瞬间锁死，或者把一个城市的自

来水瞬间停掉，把电网瞬间破坏掉，这还只是一个城市。理论上，他能破坏一个城市，就能破坏所有，甚至地球的。所以，今天这个互联度会导致一个特别要命的东西。我们天天想互联，唯恐互联度不高，但是互联度作为我们这个时代的故事，新的故事，它带来的负面事件还是挺可怕的。

史　航：这让我想起来小时候听评书《岳飞传》，说金人有一个特别可怕的战术，铁甲连环马，几十匹马连成一串，而且上面有铁甲，那简直就是碾压式的东西，就像一排坦克。最后拿钩镰枪拐一匹马，把它腿一拐，倒一个就要倒一片。

陈晓楠：除了这个互联之外，谁化身为神了？

吴伯凡：分成了两拨人，一拨是被抛下的，还有一拨就是踏上了时代列车的。赫拉利要告诉你，后者也好不到哪儿去。怎么好不到哪儿去呢？你是精英，那就有独立思考的能力，是吧？

陈晓楠：对。

吴伯凡：你有独立的判断，有自由意志，什么叫自由意志？今天开车，车让你往左拐，以我多年走这条路的经验，应该是走右边。要是坚持你的，会发现要堵一个小时。下一次你就得小心了，导航说的是不是对的，果然它是对的。有三次经历你就永远听导航的了。安吉丽娜·朱莉做了乳腺的切割手术，这么大牌的明星做这样的手术是要非常慎重的，她听谁的话，没有听谁的话，是医生根据她各方面的数据指标检测出来，她得乳腺癌的概率是 87%，尽管她那个时候还没有得，但机器说了算。现在越来越多的事情都是数据、机器说了算，以前我们叫唯物论、唯心论，是相信客观世界还是相信主观世界，今天好像又多了一个选项，而且这个选项特别显眼，唯数据论。就是数据和算法，它说了算。别的不说，我们天天走路，刚开始是为了健康，后来就变成每天要完成那个数字。

陈晓楠：看看排行榜是吗？

吴伯凡：对。我有一个朋友，每天规定自己跑 8000 步，一天睡觉之前发现少走了 500 步，他很纠结，是下楼去走，还是干脆就这样算了，他有点强迫症，后来他就妥协，围着床走了 500 步。听谁的？我们以前天天说听从内心的呼唤，我告诉你，现在哪怕是混到一个精英了，内心的呼唤到底是什么？是数字，是数据。

陈晓楠：如果你所有的意志都是机器意志的话，那么你是谁？你所说的自由意志还有没有？

吴伯凡：自由意志没有了。

陈晓楠：我已经变为那台机器了。

吴伯凡：你已经被一种数据和模式监管了，但你不知道。远古时代，人们做事情也是要用算法。

史　航：占卜。

吴伯凡：占卜，是古老的算法，我说了不算，他说了不算，谁说了算？我们拿个骨头出来，在火上一烤，看看那个裂纹是怎么走的，这是什么？是一种神的力量，神的力量能指挥我们干什么。后来，人类科学发展以后，我们就相信了所谓的自由意志，相信每个人都有独立的思考、独立的判断。今天，我们仿佛又回到了巫术时代，你以为是在听自己的，其实不是，你全在听那个算法的，跟当年的占卜是一样的，只不过今天的这个“巫术”是一种建立在先高科技上的一种“巫术”。

陈晓楠：这可能涉及一个非常玄妙的哲学问题，我是谁？我的意志是什么？

吴伯凡：特洛伊木马已经进入你的大脑，你还觉得你是有脑子的，每个人都像是脑子进水了，不是进水，是进病毒了。但是你自己不知道，觉得我就是按照我的选择做出来的。

史　航：所以，我觉得未来只有一个办法能拯救你的绝望，是什么呢？互联网有不同的APP，有不同的门户平台、不同的软件，你在这些软件中选择让哪个控制你，你再登录这个平台被点评操控，一开始就要按照你的个性去选择。

吴伯凡：你好不容易熬到了很厉害的程度，结果你却被接管了，所以神人不是你，化身为神的不是我们，是另外一种力量，它才是神，监管了我们，控制了我们。

陈晓楠：我觉得《未来简史》这本书里，提出的思考非常值得去读。

史　航：这让我想起罗大佑那首歌，“忽然想起遥远的过去，未曾实现的梦，曾经一度人们告诉你，你是未来的主人翁”。

陈晓楠：历史有无数个岔路口，每一个岔路口都由很多的偶然来组成。我想研究这些历史的人，可能并不是告诉我们一定要做什么样的选择，而是告诉我们这样选择会有什么可能性，还有哪些选项。我们是不是未来的主人翁？谁是未来的主人翁？

关正文：世人皆醉他独醒

《人类简史》是序篇,《未来简史》才是正文。赫拉利用《人类简史》的科学论据，证明了智人群体此前六万年的历史，不过是一次次入坑的狂欢。明明是在下坠，却感觉是在飞翔。这种飞翔有一种自大的幸福感，我们相信今天比昨天好，明天会更好。更好的明天因为会按照今天的轨迹继续飞翔，所以提前把历史写出来，没毛病。

毛病出在到底什么是“好”上。赫拉利认为：身体上毫无优势的人类之所以登上了统治万物的制高点，并不是因为选择了正确的进化方向，而是因为人类可以相信共同相信的东西，共识就是好，就是对，就是值，就是大多数人的共同目标。人类可以基于共识形成协作，变成战无不胜的庞大整体。人心齐，泰山移。人多力量的确是大，可并不意味着共识就必然正确。人心再齐，用去搬泰山也是多此一举。几万人协作能修建金字塔，但顺着梯子能上天的共识就不科学。赫拉利关注的是更大人群、更长时间的历史，在他的眼里，那些让人类文明不断飞翔的重大共识，几乎从来就没对过。具体的说法都在《人类简史》里。

毕竟是一家之言。赫拉利否定人类过去的历史，对没有祖先崇拜的人来说，也就是添个乐儿。但赫拉利的项庄舞剑，其实是意在我们这些活在当下的沛公，他要用过去人类的共识一直在犯错，来证明我们今天的共识还在犯错。这就是成心给人添堵了。我们都知道，今天人类的共识是建立在科学、理性的基础上的，别说三万年前的祖先，就是一百年前的长辈也没法比。赫拉利比较狡猾，他首先顺着我们说出了当今人类的三大核心共识：希望长生不老、幸福快乐和拥有超能力，并且他乐观地宣布，按照人类目前的科技发展速度和集体努力的状态，人类已经前所未有地接近了这些目标。赫拉利还进一步非常善良地提示：谁能帮助人类实现这三大目标中的一部分，谁都会发大财。这其实是废话，因为这已经是我们今天努力奋斗的方向，全世界每天都在报告着重大突破的进展。

问题是，人类以往共识的重大失误，总是体现在对目标实现之后的结果缺乏预判。我们掌握了火，用它去烧树林是为了吃烧烤，不但能让强大的狮子老虎成为食物，而且吃进胃里还很舒服。我们没想到物种会因此灭绝的事儿。我们驯服了小麦，不用再满山遍野找吃的，不用老是居无定所地流浪。我们没有想到因此埋下了瘟疫和战争的种子，演化出了充满八卦的群居社会。赫拉利总结发现，每一次微小的进步都是合理的，但人类最大的问题是不会停止在更合理的地方，一定要沿着正确的道路走向失败。《未来简史》，就是把今天正确的道路和它最终失败的结局提前写了出来，尽管赫拉利希望人类能在纠正道路的问题上形成共识，但他也知道这是自不量力，因为滚滚向前的历史车轮，从来就没有刹车。

说点具体的吧。先举个小例子：人类发明整容术，原本是为了改善烧伤病人的容颜的，但人类绝不会止步于此，一定会用整容术修改任何女孩的容颜。就算最终结果是满大街到处都是玛丽莲·梦露，这种事也停不下来。再举个大点的例子：尽管有限的生命时长形成了我们今天只争朝夕的价值观，但我们还是想青春常在地永远不死。就算最终结果是为了跟上时代每三十年重新投入一次高考，为了忠于婚姻把百年好合变成千年共枕，这一目标也一定要实现。那么问题来了，如果只有极少数有钱、有权的人可以不死，你觉得我们这些到点儿就死的吃瓜群众会像今天这样忍辱偷生吗？

悲剧之所以是悲剧，是因为谁也改变不了结局。

一本好书

第五本书 × 三体

给岁月以文明，

而不是给文明以岁月。

《三体》是刘慈欣创作的系列长篇科幻小说，由《三体》《三体Ⅱ·黑暗森林》《三体 III·死神永生》组成，讲述的是一个叫“三体”的外星文明与地球文明交流、搏杀以及各自兴衰的故事。人类的科技被三体人锁死，行为被三体人监听，人类社会面对严峻的外星人入侵，决定实施“面壁计划”加以抵御。但“面壁计划”的执行困难重重，人类社会在三体人朝地球行进的日子里，经历了全面的大低谷和大繁荣两个时期，最终恢复信心，准备迎战。

书中借助大量前沿科技发现，生动描绘了宇宙世界充满悬念的生存场景，塑造了多次生存与毁灭的重大冲突。这部震惊世界的科幻作品在中国的发行量超过百万，受到数百万科幻文学爱好者的喜爱。《三体》并不仅仅是一部科幻作品，它本质上是以光年为单位展开的人类社会观察，是刘慈欣对人类文化和人性的鞭辟、警示与悲悯，应当被科幻世界之外的更多人看到。

2015 年，第 73 届世界科幻大会雨果奖最佳长篇小说奖，颁给了中国作家刘慈欣创作的《三体》，这是亚洲作家第一次获此殊荣。

【作者简介】

刘慈欣，出生于1963年6月，祖籍河南，中国作家富豪榜上榜作家，中国科普作家协会会员，山西省作家协会会员，中国科幻小说主要的代表作家，被誉为中国科幻的领军人物。自20世纪90年代开始发表科幻作品，1999年至2006年连续八年获得中国科幻银河奖，作品因宏伟大气、想象绚丽而获得广泛赞誉。他的科幻小说成功地将虚实结合，同时注重表现科学的内涵和美感，兼具人文的思考与关怀，努力创造出一种具有中国特色的科幻文学样式。

刘慈欣长期关注科幻并尝试写作，1999年发表第一篇短篇小说《鲸歌》，同年首次以短篇小说《带上她的眼睛》获得中国科幻银河奖一等奖；2000年《流浪地球》获中国科幻银河奖特等奖。2015年，他凭借《三体》获世界科幻界的最高奖项——世界科幻大会颁发的雨果奖，这是亚洲作家第一次获此殊荣。“《三体》三部曲”备受读者与媒体的赞誉，被认为是中国科幻文学的里程碑之作，将中国科幻推至世界高度。

一本好书 **剧场**

【角色】

罗辑：赵立新

三体元首：秦立洋

史强：梁栋才

章北海：邵子宸

破壁人：余天健

开创中国科幻元年

《三体》单枪匹马地开创了中国科幻文学的元年，这部鸿篇巨制被广泛认为是中国科幻小说的实力担当。

在《三体》获得雨果奖之后，《纽约时报》称，“三体”系列“有可能改变美国科幻小说迷的口味”，因为在美国顶尖科幻小说家纷纷摒弃传统外星人入侵情节时，人们对《三体》这类黄金时代经典科幻小说的需求并没有消失。《纽约客》则称，刘慈欣的小说是对人类终极问题的思考。

虫子能被消灭吗？

在三体文明的进攻下，人类变得史无前例地团结，各国政府尽全力为地球的生存出谋划策。但这一切都是徒劳的，在被智子完全监控的地球上，任何表达都会被三体文明掌控。一次会议结束之后，在大屏幕上赫然出现三体文明对于人类的嘲讽："你们是虫子。"

《三体》在人类的生存命运与宇宙的运行规律之间起承转合，作为"虫子"在绝对的实力悬殊中遭到压制，人类的生存使命成为第一要务，而宇宙的"道"是生存，但又超脱于生存之上。

蟑螂很弱小，我们可以杀死任何一只出现在我们面前的蟑螂。但是，蟑螂存在的时间是人类所无法企及的。那如果在三体文明的眼中，我们是虫子，我们的命运会不会和蟑螂一样呢？

一个概念、两个公理、三个定义

作为一本开创纪元的科幻小说，三体构建了一个完整的理论体系，并且把这些理论以惊人的严谨程度贯穿到整个故事当中。具体的故事之所以拥有强大力量，是因为每一次逻辑的推进，都严丝合缝地契合于高度抽象的理念之中。

一个概念：宇宙社会学。整个宇宙就像一个大的社会，人类社会能用的理论推导在宇宙中同样适用。

两个公理：第一，生存是文明的第一需要；第二，文明不断增长和扩张，但宇宙中的物质总量保持不变。

三个定义：猜疑链——就是你猜我猜你猜不到的死循环；技术爆炸——某一阶段，一方技术突然进步超过另一方；黑暗森林——

在一个漆黑的森林中有一个猎手，神经紧绷，对看到的任何事都会突然发起攻击。

所以，你大可以用看教科书的挑剔精神读《三体》，大刘不怕。

脑洞面积以平方光年计算

除了严谨的逻辑构建之外，科幻小说的另一个看家本领就是开脑洞的能力。让读者看到他们人生中从未看到的画面，推演出读者终身都不曾想到的逻辑，建造出超乎读者所有认知和想象能力的世界。能做到这三点，这本科幻小说就将成为超越时空的杰作。

《三体》全都做到了。

在三体文明的无死角监控中，人类孕育出思想绝对自由的“面壁计划”；在三体文明来日就攻击地球文明的绝望处境中，罗辑依托黑暗森林法则构想出暴露坐标的绝地反击；偶然事件中逃逸的太空舰船之间蔓延的猜疑链困境。《三体》提出了我们想不到的问题，更贡献了让人匪夷所思的答案和解决方案。

《三体》里的时间，以光年计算。而刘慈欣的脑洞，则要以平方光年计算。

对道德的真空讨论

在一个遥远的时空中，人类面临的是生存的挑战。如果“生存是第一要务”，那我们应该怎样理解我们已习以为常的伦理和道德？

什么是反人类？什么是反伦理？什么是反道德？如果要生存，我们可否先放弃爱？如果要思想绝对自由，我们如何控制权力的泛滥？如果有且只有一个解决方案可以让人类活下来，我们是否可以在所不惜？如果人类抛弃了所有的道德和尊严而活下来，这样的延续是否还有意义？没有意义是否也是一种意义？

《三体》极富想象力地创造了一个伟大的故事，这些问题在这个故事里闪现，但是，答案在每个读者的心里。在真空的极端情况下，我们反而会把一些问题想得更加透彻。

让思维冲出尘世，哪怕一秒

刘慈欣曾经如此解释自己为什么要写科幻："如果你在下班的某一天，抬头看看星空，你能够感觉你的思维冲出了尘世一秒钟，我的目的也就达到了。"

陈晓楠：每一个人都是持枪的猎人。

吴伯凡：只要暴露位置你就会瞬间毙命。

蒋方舟：其实这是一个非常原始且合乎情理的人类社会学的设定。

每一个人都是持枪的猎人

吴伯凡：不管是替古人担忧，还是替未来人担忧，其实都是为我们的今天担忧。一切历史都是当代史，一切未来的展望都跟我们当下的促进有关。

陈晓楠：确实。这本书带来很多我们现在就可以思考的，甚至是和我们相关的问题，你会真正地去思考宇宙星辰的问题吗？

蒋方舟：会，我觉得很有意思啊。我原来也看过刘慈欣老师的采访。他说在娘子关发电站时，特别喜欢仰望星空。我们觉得仰望星空很浪漫，都想上去看一看，古人想摘星，现在的马斯克想去看看这个火星适不适合居住。但是刘慈欣看到的是跟我们相互竞争以及残杀的文明，他看到的是黑暗森林。很多观众可能第一次接受这个概念，所以对他们来说非常震撼。当我们仰望星空的时候，看到的不是浪漫的想象，也不是人类为自己寻找更宜居的地方做探索，你看到的是自己马上要进入一片被撕碎的森林。这是我当时看《三体》，被他一系列理论震撼的地方。

吴伯凡：在《三体》第一部结尾有这样一个情节，三个人面对一片庄稼地，有很多蝗虫在那个地方，其中一个人问，你看这些虫子在地球上生存了多少年？我们人类跟它相比，高出它好多个 level，但是我们从来消灭不了它。宇宙太大了，我们随时都有可能被别人作为目标。他讲了黑暗森林法则，就是你暴露你的位置就意味着找死。如果地球上有个人把我们所在的位置发到三体那儿，就暴露了，意味着灭亡。

蒋方舟：为什么有这么多高档文明没有收到信号呢？其实是因为大家都藏起来了。为什么要藏起来？是因为当时你的水平比我的要低，但当我到达你的水平时，可能你就比我高级了，所以我要先杀掉你。我原来读霍布斯，讲到所谓自然状态下的人，就是去掉了所有的秩序，去掉了所有的文明，去掉了所有的共同体，以及这个温情脉脉的道德准则下的人。你看到我就要杀了我，其实这是一个非常原始且合乎情理的人类社会学的设定。

吴伯凡：霍布斯有一句很有名的话叫人对人是狼。就是你千万别把我当人，我就是狼，我也不会把你当人，你就是狼。在一些枪战片里头也能看到，比如说在一个黑暗的大仓库里头，你这个时候最需要做的就是不发出任何声响。

陈晓楠：就像这里面那段很著名的描述——每一个人都是持枪的猎

人，你剥开树枝要小心翼翼，连呼吸都要屏住，无论是婴儿还是老人，见了必须消灭。

吴伯凡：只要暴露位置你就会瞬间毙命，就是这样一个状态。

陈晓楠：我们怎么理解他所说的，生存是第一目的，总量是不变的？

吴伯凡：其实就是存量思维。为什么会有那么多宫斗？因为皇帝只有一个，这个资源是守恒的，其他人在宫里头生存是第一法则。

蒋方舟：我觉得我们好像从小就接受这种教育。我上幼儿园时玩得最多的游戏就是抢凳子，五个人只有四个凳子，要是有一个人慢一点他就没有凳子，上高中之后也一直都生活在黑暗森林当中。

陈晓楠：大到宇宙，小到幼儿园。

蒋方舟：都生活在这种逻辑当中。

吴伯凡：其实没有太深奥的东西，可能唯一一个大家有点不理解的就是技术爆炸。技术爆炸就是沿着平缓的线一直往前走。比如人类有二百五十万年的历史了，一直到十万年前，人类在整个地球上都没有任何优势。七万年前人类开始有了语言，比其他动物发达一点，然后到了一万年前出现了农业革命，但人类见了老虎、豹子这些动物没有任何优势，反而是弱势的。到了五百年前，工业革命、科学革命出现以后人类称雄。基点就是一个小点，过了这个小点以后，它就一下子变成曲线。今天一年的进展可以相当于过去几十万年的进展，这个点就是爆炸点，一旦爆炸以后，就不可收拾。一个人也好，一个组织也好，它在漫长的蛰伏期里头，好像是没有什么威胁的，但过了这个基点以后，可能会超速发展。他们到达的时候，是用他们现在已经很先进的、比地球有明显优势的文明跟地球的文明碰撞，所以他们就感受到威胁。他当时采取的措施就是当机立断把你定格，把你石化，把你最前沿的头脑锁死，要不然就把你消灭，令人精神崩溃，对科学完全丧失信念，最后就自杀了。还有就是从技术上干扰你，这也是他攻击的一种手段。

蒋方舟：在国际政治上面，我们可以看到这种黑暗森林的应用还挺多的。比如说冷战，大家相互猜忌，其实这也是黑暗森林的理论。关键在于他后来就破了这个局，更多的是通过我们之间都很透明，本着这个人本同心的原则，防止冷战变成热战，变成第三次世界大战，所以这个理论在国际政治当中也有很多这样的运用。

吴伯凡：从《三体》第二部就看得出来，核战争当中有一个法则叫确保相互毁灭，就是只要确保你能毁灭，我就能生存，对方也是。

陈晓楠：就是互相将军的感觉？

吴伯凡：只有这样才能够达到和平，看似在冷战，但实际上不断在扩军备战，这样就达到了和平。而过去要不就是打完以后再和平，要不就是真和平，这也是黑暗森林法则的一部分。

我消灭你，跟你没关系

吴伯凡：《三体》里头有一句话经常被引用——我消灭你，跟你没关系。我听见声音就会开枪，我不知道你是谁，我跟你无冤无仇，但是我要对你开枪，因为只要这个位置上有人存在，就意味着我要死去，所以只要听到任何未知的信息我就会立即开枪。

蒋方舟：我觉得《三体》里的世界跟我们现在的世界可以对应上的一点，就是某种程度上大家都觉得现在整个世界的发展陷入了技术的停滞时期，看着好像挺热闹的，但实际上已经过了爆炸时期，比如《三体》里所说的宇宙能量守恒，就那么点东西，没有无限地发展成资源的可能性。所以变得很像《三体》当中的世界，就是如果我不能保证自己的位置，那么对于其他国家，我必须是警惕或者防范的状态。

吴伯凡：其实技术爆炸在我们现实社会中也存在这样一种可能：他今天就要打击你，不是因为你已经强大到跟他一样了，而是他看到了你技术爆炸的可能性，所以在你这条曲线还没有达到那个顶点的时候，就要开始打击你。

陈晓楠：水滴之战和我们想象的那种特别激烈的、悲壮的末日之战完全不一样。它如此冷静，只是默默地通过三米多长的水滴来战。

吴伯凡：网友对这一段形容得很好，就是你所期待的宇宙大战到头来是一个笑话。

如果按科幻分类，《三体》应该属于硬科幻。硬科幻的逻辑是非常严密的。用科学作为说辞把不可能的情节变成可能，这叫软科幻。有的软科幻拿科学作为一种方便叙事的法门，讲的其实是玄幻的东西。

蒋方舟：我觉得它最恐怖的一点在于，不是我们把外来敌人想象得有多恐怖，而是它根本是你想象不到的。前一段时间我去日本，它那儿有家黑船博物馆，讲的是黑船来航的故事，日本还在闭关锁国的时期，佩里率领四艘军舰来到了日本。

吴伯凡：1853 年。

蒋方舟：对，其中一个小的舰队来到港口，当时日本人都吓坏了，然后有一个人说这个怪东西吓得他四天四夜都睡不着觉，其实我们现在看这些黑船就是几只船嘛。但当时对日本人来说，它已经是一个完全超乎想象的敌人。可能有一天，会出现一只黑船，我们对它是完全没有想象的，更何谈应对呢？你丧失想象力这一点是最恐怖的。

陈晓楠：就是说到这个维度的想象，里面讲到智子是十一维的，把毛孔放大，展开了以后可以包太阳，这个想象太恐怖了。

吴伯凡：这其实在理论和逻辑上都是成立的。比如说一个大的胶片，你把它不断地摊薄，它能摊到一个足球场那么大，甚至更大。所谓二维是没有任何厚度的，那它就是无限大的。如果把它变成三维，它就会变小，如果变成四维，它就更小更小。把一个质子平面化，然后雕刻成很大的工程，再把它打包，变成一个很小的东西。但是它的密度、它的内容真的无比丰富，那它的攻击力就可想而知了。

陈晓楠：所以这时候觉得一滴水就可以直接毁灭你，这种实力的碾压，就是说我消灭你跟你也没关系，我消灭你纯属生存以及实力。

吴伯凡：顺带着就把你给消灭了。

陈晓楠：我都没怎么准备，就把你给灭了。

吴伯凡：就像我们扫地的时候把蚂蚁给消灭了，其实这并非你本意，或者说就是玩嘛，有时候我们不小心。

陈晓楠：这个宇宙就是零道德，里面没有什么道德。

吴伯凡：所以说大刘的内心是很黑暗很冷静的。据说大作家和小作家的差别就在于小作家是热心肠的，而大作家极其冷静，冷静到让你很害怕，大导演也是这样。

陈晓楠：但是大刘在这个很冷静、很绝望、很黑暗的里面还是给我们留了一点希望，就是面壁计划。他给三体人留了一个特点，就是它不会说谎，脑力上写着我心里怎么想的我就只能怎么说。要不然就彻底走到死胡同里了，是吧？

吴伯凡：对，任何一种优势都自带一个致命的缺点，这是肯定的。我有个习惯就是一群朋友在一块儿读书，读完了以后我们就说，如果不是这个标题，你给它取个标题，你会取什么。这是一种很有意思的方式，衡量你是否把它读透了，所以我们可以给它取很多名字。比如我们把这三部小说取成三个救世主，正是叶文洁、罗辑和程心这三个救世主，罗辑厉害的地方就是他是面壁人，他没有破壁，因为他无壁可破，他类似于一个白痴，有点像金庸笔下的郭靖，他以那种傻到纯净的状态抵挡了一切攻击。

蒋方舟：我觉得这个罗辑最有意思的地方是科幻作家没有道德的束

缚，比一般作家要幸运很多。一般作家在面临这个问题的时候，他会有各种取舍，但是科幻作家没有。所以我在想我怎么办？我想出来两个办法，当然肯定都不管用，一个是装死，一个是骗过这个三体星人，其实我们已经被消灭了，然后找一群人假扮尸体，不让他发现。

陈晓楠：那不需要尸体了，人家要看残渣。

蒋方舟：试图说服他，或者用一种布景说服他我们已经被他消灭了。另外一个可能不可行，因为需要其他调整。你看那颗星比我们好，你打别人去，但这个可能需要知道别的星的具体生存条件以及坐标等，但也是一种欺诈之术，我觉得我可以去骗它，就说我的肉不好吃，你去吃那个年轻的。这个可能是我在水滴之战之后想出来的一种应对方式吧。

吴伯凡：你这个方法完全不管用，因为在智子的眼里人类完全是透明的。你看那个很讽刺的，最绝密的会议还没有开完，屏幕上就已经显示出来你们是虫子了。

蒋方舟：你的真实想法都会被暴露出来是吗？

陈晓楠：所以他才只能用这个面壁人说只有他们几个，你不说，也许智子们不知道。

吴伯凡：面壁的意思就是说他在不跟任何人交流的情况下，可以做任何事情，智子不知道他在想什么，他变成了一个思想的黑洞，你要怎么干就怎么干，没有想法，不需要任何解释。还有，已经给他罩上了骗子这个光环的时候，他说任何东西你都没法相信。

陈晓楠：这是一个无解的怪圈。

蒋方舟：那我可以假装要跑，说地球人要逃到另外一颗星球，他们就去打那边，但其实我们没有逃。

吴伯凡：他对你所有的东西都是了解的。你想，他都把你最前沿的科学家的东西锁死了，地球在他面前就是透明的。

生存是第一要义

陈晓楠：前面两个面壁人其实用的是自毁的方式，一个是自杀式的攻击，一个是我来一大核弹，然后自毁也没有用。

吴伯凡：其实这三个救世主都是出奇制胜的，他们的那些想法都很奇特，比方说用星球的闪电把人类的舰队全部毁灭，然后变成幽灵量子态的人，量子态的人是没法再杀死的。

陈晓楠：对，你死过一次不能再死了。

吴伯凡：再用这种办法来消灭三体人，他这个思路很奇特、很了不起。但是，这个想法很反人类，谁能这么狠，他的逻辑被那个破壁人给揭开了，所以最后他自杀了。第二个也是自杀性攻击，他是威胁，通过巨大的能量把水星给炸了，然后水星带动一个骨牌效应，让所有这些行星最后都坠落到太阳，把太阳给砸坏。简单地说，整个太阳系就没了。那么，你说你来也是白来，那你就别来吧，他就是这样一个逻辑，也是很厉害的。

陈晓楠：其实这种自毁就是你毁灭了，不代表三体或者别的可以跟着你一起毁灭，人家可能不消灭你掉头就走了。

吴伯凡：关键就是这个想法反人类。

陈晓楠：我们人类还是有道德标准的。

蒋方舟：当你肉体已经不存在的时候，存亡有没有意义，或者说以一个更大的代价来换一种名义上的生存有没有意义？最后还是回到生存第一，第一要义其实是能不能真的活下来。

陈晓楠：就像你刚才说的，其实每一个想法都很绝妙，有人说拿出来都可以演一部好莱坞大片，大刘非常奢侈地把所有脑洞都砸在了一起。

吴伯凡：我觉得他是一个思维的挥霍者。他随便一个创意就可以写出一本特别大的小说。事实上那个球形闪电，第一个人用的那个他就写了，写得非常精彩。他的每一个点都可以写成一本小说。

陈晓楠：罗辑向宇宙发了一颗别的星球的坐标，然后说我冬眠了，等这颗星球消失了，你们再把我叫醒是吧？

吴伯凡：他相当于把一面旗插在一颗星球的坐标上，然后静等着他预期的一个结果。

陈晓楠：最后他又想到了黑暗森林这个法则。

吴伯凡：如果预期的结果出现，证明了他的想法、他的逻辑是对的，最后他就用这个逻辑来战胜三体人。在他这么一个善战的人看来，剑对剑是没有用的，当然也可能是吸取了他们三个人的教训，以无剑胜有剑，这就是他的逻辑炸弹。他采取了一种无剑胜有剑的方式，没有使用任何有杀伤力的武器，而是找到了一个逻辑，这个逻辑其实就是黑暗森林法则，只要我能够标出你的位置，或者只要我把我的位置跟你的连接起来，那么我们就面临着被毁灭的危险。在这种情况下，就需要放弃。打仗的目的就是止戈，他清楚地知道他的目的是什么，就是让三体人放弃对地球的进攻。派舰队去阻挡那是一种方式，他先用一颗恒星做实验，验证了他的这个逻辑是对的，然后把它用在了三体人身上，三体人乖乖地接受，他说这不叫谈判，是要无条件接受他的要求，这样他为人类赢得了可贵的和平。三体人放弃了，这时候开启了一个人类跟三体人之间和平共处的年代，但是这个年代最后被人类自身隐含的一种破坏性的逻辑给破坏了。

陈晓楠：这是后话啊，他验证了他的黑暗森林逻辑，不光是发射的那个坐标，也提到了这个黑暗战役。

吴伯凡：它并不是什么宇宙社会学，适合套用于所有宏观和微观。

蒋方舟：我觉得特别有意思的地方就在于宇宙规律的想象，其实可以跟我们的社会对应起来，宇宙的规律就是社会的规律，宇宙的各个文明就是我们每一个挣扎的个体。但是，我看的时候就想说，我身边很多三体迷，他们用三体的逻辑去解释他们面对的世界，说这是黑暗森林法则，我不杀死你，你就来杀死我，所以我得提前杀死你。

开启一个威慑纪元

蒋方舟：我觉得我们可以顺着这个思路再往前推，去推一步，包括你看到之后他们其实是相互信任的，三体跟地球是在相互信任的关系下最后取得了和平。人和人之间的相处规则也是这样的，不是我觉得你要害我，我就要提前害你，而是我们之间建立某种秩序或者有成为命运共同体的可能性，我觉得这样才是一个合理的维持和平的方式。

吴伯凡：这叫开启了一个威慑纪元，这个威慑就是指和平、信任都建立在相互威慑的基础之上。

陈晓楠：这其实也是一种非常脆弱和千钧一发的制衡。

吴伯凡：在大刘的内心，他是不相信纯粹的善意的，但是我们可以达到某种很友善的状态，这个状态往往在背后隐含着很不善意的东西。西方政治学里头有一个很重要的计，就是人对人是狼。生活在这样一个丛林法则下，比如魔鬼之舞和天使之舞。就是如果一百个魔鬼在那儿混的话，他们就开始要讲规则了，就是一百个骗子在一块他们就会特别明白不该做什么，该做什么，最后他们就会建立一个游戏规则。

陈晓楠：有很多人讲，一本书能够真的触动你，尤其像科幻这种书籍，里面一定有东西是你所经历过，或者你感触得到的。我觉得大刘的这本书里，有非常多对于人性的很深刻的观察，包括人类社会的这种警示或者你说的悲悯、鞭辟，他不断在给我们出选择题。我也依着大刘来给大家出一道选择题，也是个很重要的选择题。我们最后看到罗辑手里拿着那么一个小小的制衡器，按下这个按钮，地球和三体会同时毁灭，就是这样的一个东西达到这样的和平。但是这个东西是不是永远能在罗辑手里呢？

他有点玩世不恭，最后也发射了一个，使得一颗星球被灭了。在这时，人类会不会想把这么重要的任务交给另外一个有光环的人呢？我先给你们出道选择题，你们觉得交给什么人比较安全一点？这是一个关乎两个星球命运的问题。

吴伯凡：交给我。因为我觉得我在信息上跟罗辑是一样的，我不相信纯粹的善和纯粹的恶，我只相信各种要素形成了一种好的结果。它形成了一种制衡，但是如果是这三个东西一块儿，它就能够形成某种和平，如果一对一的话，就会导致悲惨的结果。所以，我相信善和恶中间形成某种平衡的时候，可以用《道德经》里面的话“天地不仁，以万物为刍狗”来解释，这是最大的仁爱，天道无欺是最大的仁爱。他应该传给一个跟他一样的、没有那么多主张、看似胸无大志实际上无为而无不为的这样一种人，而不是交给一个特别有拯救意识的人，不管他是特别坏还是特别好，最后都可能出现问题。

陈晓楠：我们今天所介绍到的有关《三体》的内容是沧海一粟，很多人用很浩瀚这个词来形容这本书，因为它的体量、它所构建出的世界，里面有太多东西可聊。我们其实是想激发你的思考，希望你赶紧去捧读这本书。刘慈欣曾经说过一段话，说我为什么要写科幻呢？就是如果你在下班的某一天，抬头看看星空，你能感觉到你的思维冲出了尘世一秒钟，我的目的也就达到了。但也有很多人觉得这本书不光写了浩瀚的星空，也写到了人群当中，因为他给我们每个人都设置了很多重要的时刻以及选择的可能性，他给每一个人都出了一道题。

关正文：读懂《三体》，就是读懂人间

《三体》一点都不好玩儿，它是一部让人毛骨悚然的、用科幻小说文体写成的社会学巨著。刘慈欣先生当然有坚实的科学训练，但《三体》所有的故事逻辑，却全都是基于大刘通过观察人类社会，以更长的时间维度、更广的空间维度压缩成的所谓宇宙社会学原理。在我看来，之所以叫宇宙社会学，不过是大刘观照现实的障眼法。科幻文学可能被有些人称作科学先知的种子基地，但大刘似乎志不在此，起码《三体》不是对宇宙未来的幻想，而是以太空为舞台书写的人类真相的故事。

举个例子，大刘在宇宙社会学原理中设定了不同文明之间有一条顽固的猜疑链，永远不可能达成相互信任。因此他设想了星际文明之间的关系，并且用故事证明了寻求信任的努力是多么幼稚可笑。如果我们多少了解一点人类社会不同文明之间的关系史，多少联想一下当今世界不同国家、不同种族、不同信仰之间的冲突，尝试感觉一下今天人类社会不同群体之间建立相互信任的困难程度，你就知道大刘是在用科幻笔法写着现实故事。对人类社会荒诞性的这种毫无装饰的揭示，你真拿现存的文明举例子会被全世界封杀，但大刘却在太空中构建了纵横恣肆的自由表达空间，并且通过读者的阅读，还原为对人类社会本质认知的默契。

用猜疑链原理观察当今人类社会，也不是所有的暗示都不能明说。大刘在这里又加了一根压死骆驼的稻草，叫作技术爆炸，说任何落后的文明都可能因为突然的技术爆炸，一跃成为极具威胁的先进文明，不将其扼杀在摇篮中，无异于养虎为患、自寻死路。在《三体》的结局中，一颗不断搜索宇宙文明痕迹的星球，每天都在打扫卫生。一名清洁工随手发出的一片二向箔，就把跟它无冤无仇的整个太阳系灭绝了。哪里有什么意识形态冲突，什么公平正义，什么侵略扩张威胁？消灭你只是因为你存在。

读懂《三体》，就是读懂人间。

一本好书

第六本书

麦田里的守望者

我想要守住这些在麦田里奔跑的孩子，
不让他们掉于悬崖之下。

《麦田里的守望者》是美国作家塞林格唯一的一部长篇小说，首次出版于1951年，一经问世便风靡全球，发行量超过6000万册，被认为是20世纪美国文学的经典作品之一，被众多高校和中学列为课外必读书目，引起了全世界一代又一代青少年的强烈共鸣。

全书以出身美国中产阶级家庭的十六岁中学生霍尔顿自叙的语气，讲述自己被开除后离开学校，来到纽约游荡了三天的经历和心灵感受。它不仅生动细致地描绘了一个不安现状的中产阶级子弟的苦闷彷徨、孤独愤世的精神世界，也批判了成人社会的虚伪和做作。霍尔顿有一颗纯洁善良、追求美好生活和崇高理想的童心。“他看不惯现实社会中的那种世态人情，他渴望朴实和真诚，但遇到的全是虚伪和欺骗，而他又无力改变这种现状，最后甚至想逃离这个现实世界，到穷乡僻壤去装成一个又聋又哑的人。”

也许有朝一日，会出现更多的守望者，守护这个世界的美好与纯真，抓住每一个跑向悬崖的孩子。

她直挺挺地躺在床上，看上去漂亮极了。“我正在跟那个叫菲丽丝·玛格里斯的姑娘学打嗝儿，”她说，“听着。”

我仔细听着，好像听见了什么，可是听不出什么名堂来。“好。”我说。接着我出去到客厅里，打了个电话给我的老师安多里尼先生。

我三言两语就把电话打完，因为我很怕电话刚打到一半，我父母就闯了进来。不过他们并没有闯进来。安多里尼先生非常和气。他说我要是高兴，可以马上就去。我揣摩我大概把他和他妻子都吵醒了，因为他们过了好半天才来接电话。他第一句话就问我出了什么事没有，我回答说没有。我说我倒是给潘西开除了。我觉得还是告诉他好。我说后，他只说了声“我的天”。他这人很有幽默感。他跟我说我要是愿意，可以马上就去。

安多里尼先生可以说是我这辈子有过的最好的老师。他很年轻，比我哥哥 D.B. 大不了多少，你可以跟他一起开玩笑，却不至于失去对他的尊敬。我前面说过的那个叫詹姆士·凯瑟尔的孩子从窗口跳出来以后，最后就是他把孩子抱起来的。老安多里尼先生摸了摸他的脉搏，随后脱掉自己的大衣盖在詹姆士·凯瑟尔身上，把他一直抱到校医室。他甚至都不在乎自己的大衣上染满了血。

我回到 D.B. 房里的时候，发现老菲比已经把收音机开了，正播送舞曲。她把声音开得很低，免得被女用人听见。你真该看见她当时的样子。她直挺挺地坐在床中央，在被褥外面，像印度的修行僧那样盘着双腿。她正在欣赏音乐。我见了真把她爱煞。

我说的那些话老菲比到底听懂了没有，我不敢十分肯定。我是说她毕竟还是个小孩子。不过她至少在好好听着。只要对方至少在好好听着，那就不错了。

“爸爸会要你的命。他会要你的命。”她说。

可我没在听她说话。我在想一些别的事——一些异想天开的事。“你知道我将来喜欢当什么吗？”我说，“你知道我将来喜欢当什么吗，我是说将来要是能他妈的让我自由选择的话？”

“什么？别咒骂啦。”

“你可知道‘你要是在麦田里捉到了我’那首歌吗？我将来会喜欢——”

“是‘你要是在麦田里遇到了我’！”老菲比说，“是一首诗。罗伯特·彭斯写的。”

“我知道那是罗伯特·彭斯写的一首诗。”

她说得对。那的确是“你要是在麦田里遇到了我”。可我当时并不知道。

“我还以为是‘你要是在麦田里捉到了我’呢，”我说，“不管怎样，我老是在想象，有那么一群小孩子在一大块麦田里做游戏。几千几万个小孩子，附近没有一个人——没有一个大人，我是说——除了我。我呢，就站在那混账的悬崖边。我的职务是在那儿守望，要是有哪个孩子往悬崖边奔来，我就把他捉住——我是说孩子们都在狂奔，也不知道自己是在往哪儿跑，我得从什么地方出来，把他们捉住。我整天就干这样的事。我只想当个麦田里的守望者。我知道这有点异想天开，可我真正喜欢干的就是这个。我知道这不像话。”

老菲比有好一会儿没吭声。后来她开口了，可她只说了句：“爸爸会要你的命。”

“他要我的命就让他要好了，我才他妈的不在乎呢。”我说着，就从床上起来，因为我想打个电话给我的老师安多里尼先生，他是我在爱尔敦·希尔斯时的英文教师，现在已经离开了爱尔敦·希尔斯，住在纽约，在纽约大学教英文。“我要去打个电话，”我对菲比说，“马上就回来。你可别睡着。”我不愿意她在我去客厅的时候睡着。我知道她不会，可我还是叮嘱了一番，好更放心些。

我正朝着门边走去，忽听得老菲比喊了声“霍尔顿”！我马上转过身去。

她直挺挺地躺在床上，看上去漂亮极了。“我正在跟那个叫菲丽丝·玛格里斯的姑娘学打嗝儿，”她说，“听着。”

“我喜欢艾里，”我说，“我也喜欢我现在所做的事。跟你一起坐在这儿，聊聊天，想着一些玩意儿——”

“艾里已经死啦——你老这么说的！要是一个人死了，进了天堂，那就很难说——”

“我知道他已经死啦！你以为我连这个也不知道？可我依旧可以喜欢他，对不对？不可能因为一个人死了，你就从此不再喜欢他，老天爷——尤其是那人比你认识的那些活人要好一千倍。”

老菲比什么话也没说。她要是想不起有什么好说的，就他妈的一句话也不说。

“不管怎样，我喜欢现在这样，”我说，“我是说就像现在这样。跟你坐在一块儿，聊聊天，逗着——”

“这不是什么真正的东西！”

“这是真正的东西！当然是的！他妈的为什么不是？人们就是不把真正的东西当东西看待。我他妈的对这都腻烦透啦。”

“别咒骂啦。好吧，再说些别的。说说你将来喜欢当个什么。喜欢当一个科学家呢，还是一个律师什么的。”

“我当不了科学家。我不懂科学。”

“呃，当个律师——跟爸爸一样。”

“律师倒是不错，我揣摩——可是不合我的胃口，”我说，“我是说他们要是老出去搭救受冤枉的人的性命，那倒是不错，可你一当了律师，就不干那样的事了。你只是挣许许多多钱，打高尔夫球，打桥牌，买汽车，喝马提尼酒，摆臭架子。再说，即便你真的出去救人性命了，你怎么知道这样做到底是因为你真的要救人性命呢，还是因为你真正的动机是想当一个红律师，只等审判一结束，那些记者什么的就会全向你拥来，人人在法庭上拍你的背，向你道贺，就像那些下流电影里演出的那样？你怎么知道自己不是个伪君子？问题是，你不知道。”

摘自译林出版社《麦田里的守望者》

【作者简介】

J.D. 塞林格，美国文学巨匠，犹太人，1919 年 1 月 1 日生于美国纽约。第二次世界大战期间应征入伍，参加过诺曼底登陆和阿登战役。

塞林格酷爱写作，从军时也带着打字机，有空就写。1948 年，他的短篇小说《香蕉鱼的好日子》在《纽约客》上发表。1951 年《麦田里的守望者》出版，引发轰动。此后陆续出版的作品有：《九故事》《弗兰妮与祖伊》《抬高房梁，木匠们；西摩：小传》。

成名后，塞林格在乡间买了一块地，隐居在一座山顶小屋。他似乎在践行霍尔顿的梦想，“用自己挣的钱盖个小屋，在里面度完余生”，不再“和任何人进行该死的愚蠢交谈”。他的余生成了传说。

一本好书 剧场

【角色】

讲述者霍尔顿：牛骏峰

表演者霍尔顿：张宥浩

斯宾塞：巩金国

阿克莱：荆俊威

菲比：洪梓芸

反正我也待不下去了

因为大面积挂科，霍尔顿被潘西学校开除了，可谓是得偿所愿。他讨厌、憎恶这里的一切，垃圾的室友，伪善的同学，僵化的教育，绝望的未来……这里的一切都让他想立刻逃离。

是学校开除了霍尔顿，更是霍尔顿开除了学校。

临走前，历史老师把他叫去，语重心长地说了很多，试图感化这个无药可救的叛逆少年。霍尔顿就坐在老师的面前，能找出老师每一句话的问题，批判这个老师的自以为是和虚情假意。

霍尔顿不属于这所学校。但是，他就属于学校以外的世界吗？

拨不出去的电话

离开学校后，他决定自己去纽约转转，路途中，他来到电话亭，想给自己心爱的妹妹菲比打通电话，却始终无法按下号码。时间已经很晚了，菲比可能已经睡了，如果接电话的人是爸爸怎么办？

打不打这通电话的挣扎无比清晰地勾勒出霍尔顿与这个世界的关系。比孤独更让人无力的是你无法守护你爱的人。他的内心是柔软的，外表的尖刺有时候只是一种伪装。

算了，总会有回家和菲比相聚的时候，就好像被开除的消息，爸爸也终究会知道。

用虚伪对抗虚伪

在离开学校的火车上，霍尔顿偶遇了一个潘西学生的家长，他们之间的对话充满了捉弄的气味。霍尔顿知道，那个同学简直就是一个浑蛋，但就是这样一个人渣，却是妈妈心里的金宝贝。

他向那位妈妈夸耀了自己的同学，说他是一个为人谦虚、人品高尚的孩子，学校里的人都非常崇拜他，能拥有这样的儿子真是幸运。同学的妈妈被他的一派胡言逗得心花怒放。

这样的逢场作戏在霍尔顿理解起来，便是成年人世界里的规则。他从来都不屑于这样的虚伪和假象，但他又沉迷于用这样的方式以其人之道还治其人之身。这种调侃并不高明，而是无比幼稚。他玩弄人家母亲的情感，但这一点都不好玩。一堆胡言乱语之后，这个少年迎来的是更大的空虚。

被剥夺尊严的江湖菜鸟

在出走的途中，他第一次花钱买欢。他很紧张，甚至有些害怕，因为自己都还没有失过身。小姐催促，他却羞涩地跟人家聊天，不敢上手。随后，妓女和拉皮条的联起手来，从这个“雏儿”的钱包里拿走了钱，还声称自己不是抢。

霍尔顿大叫，抗议，愤怒，无比痛心。一个菜鸟从学校来到江湖，在学校被同学打，在社会上被拉皮条的打。但他真正在意的不是被打得鼻青脸肿的脸，不是这强行拿走的钱，而是被剥夺的尊严，而尊严是有刻度的。

霍尔顿想混江湖，身上却没有半点江湖气。

少年霍尔顿 VS 疯子霍尔顿

霍尔顿最终住进了精神病院，被认为是一个不可理喻的疯子。

当疯子霍尔顿回想起往事，回看十六岁时候的自己，那个还在努力社交、努力吐槽、努力反抗的自己时，他会有一种什么样的情绪呢？怜悯吗？这段狗屁岁月里，鬼知道他经历了什么。悠然苍老吗？他的成长并未把自己送向清醒的彼岸。撕裂吗？当初穿着校服被恶心和现在穿着病服被恶心又有什么区别呢？

比起那个青涩懵懂、活力四射的自己，他是否会更喜欢自己如今备受摧残的容颜？

成年人的世界里，没有我

一个虚伪的人一定会有一颗虚伪的心吗？一个无赖的人一定会

有一个无赖的生活吗？一个无聊的人一定会有一个无聊的灵魂吗？

在“麦田”里，长不大的孩子们无须在意这些暗黑的角落，那里阳光明媚，风吹麦浪。但如果一个长不大的少年离开麦田，他就必须忘记麦田里的天真与单纯，从而在自己的身体与生活中生长出一套成年人的系统？

在那个世界里，人们视天真为幼稚，视单纯为愚蠢，视理想主义为异想天开。在那个世界里，有无处躲避的无力，无处遁形的妥协，无处不在的逢迎。如果，我们只是假设如果，一个人不愿意学，也学不会呢？他是否就拿不到那个世界的入场券？

但“麦田”总有严格的人数限制，有新人来，就有旧人走。新人从哪里来？这是一个蠢问题，当然是从娘胎里来，旧人到哪里去？

谁能告诉霍尔顿，谁又能告诉你？

梁文道：对世界有一点距离感，其实未尝不是件美好的事情。

史　航：人到中年容易和解，其实就是跟岁月和解，不是跟社会和解。

陈晓楠：所以人家讲长大是人必经的溃烂。

百分百求真的人，其实很难在这个世界过日子

梁文道：我年轻的时候读这本书，当时并不喜欢。因为我当时读这本书的状态，恰恰是这本书所描写的愤世嫉俗，对所有事情都看不顺眼，觉得所有事情都是虚假的状态。我听人家说这本书是经典，我觉得很不屑。后来再长大一点，我大概能够理解为什么大家会喜欢它。因为我们每个人或多或少都经历过那样一种状态，尽管我们今天都回不到那样的状态，但是你仍然觉得有很可贵的东西是值得回味、值得珍惜的，甚至到死前，也许咽最后一口气的时候会想，为什么我不能够把那种状态中的某些东西留下来。

史　航：《麦田里的守望者》这个意象很重要，我觉得它是一个年轻人，又有一颗老灵魂。它的灵魂想护住孩子，不是救救孩子，是帮帮孩子。所以，“麦田守望者”这个意象的确是很伟大

的意象，就算你没有这么伟大的意象，但别人一说你都能懂，因为你是那个在悬崖边跑来跑去的孩子，你一定跑到过悬崖边。这本书确实是成长之书。塞林格写了很多短篇，但是为什么这部是长篇？我觉得他要把年轻人的痛苦说透。他是失望的收集者，一个人逛来逛去，处处都是失望。他吐槽这个世界，但他绝不嫌弃这个世界，就算他嫌弃这个世界，但他也绝不会厌弃和告别这个世界。

梁文道：这本书当初出来的时候有很大的争论。20 世纪 40 年代其实在美国是一个比较保守的年代，要不然接下来不会有 60 年代的反叛，反叛的其实就是四五十年代的保守。当时这本书被认为是一个出口，很多人觉得这本书里充满了粗言秽语，有很多叛逆的行为，所以认为这本书有问题。但是，后来大家发现不是的，连好几任美国总统都说这本书对他们影响最大，也有很多重要人物都说这本书是好书。它代表了现代工业化社会下一个学术的名字，是对本真性的追求。

陈晓楠：什么是真？

梁文道：那个真是本真，也就是说它是人类本来该具备的，一种最赤裸的、最原生态的、最真实的东西。那种东西是我们情感的表达，毫不掩饰，是一种人与人之间最基本的情感联系，也是非常直接的，没有算计的，不需要迂回的。霍尔顿在这本书里面就是一直在找这个东西。为什么他看那么多东西不顺眼？因为学校是一个教小孩从野蛮的小动物变成一个懂规矩的成人的机构。在这个机构里，它要去打磨、修改很多小孩子本身的东西，就等于从幼儿园到大学，整个阶段都在做这种训练。那么，他一定会遇到很多问题，他会觉得我真心不是这么想的，为什么要逼我这样子。所以整本书，尤其是在学校的这段经历里，你可以看到一个对本真性有执着的年轻人。在学校遇到的种种挫折和不满，他都在吐槽。说回正能量，它正在哪里？就是在于这种对真的追求。我们活在一个世俗的、现实的世界里，我们不可能总是说真话。一个百分百求真的人，他其实很难在这个世界过日子。

陈晓楠：他会头破血流的。

梁文道：霍尔顿就是这样。但有这样一个角色，这样一本书，其实是在提醒我们所有人，我们对现在的世界有一点距离感，其实未尝不是件美好的事情。

陈晓楠：他嫌弃的是什么？他恋恋不舍的是什么？

史　航：人际关系的虚伪，势利眼。还有他同学斯特拉这种傲慢、骄横和对女孩子的不尊重、不在意，嫌弃这一切粗暴。其实他嫌弃的东西，也是我们读者日常生活中嫌弃的。

梁文道：虽然我们跟美国的教育制度很不一样，但多少会有点共鸣。学校是什么？它是一个把人变成社会人的机构。在这个机构里你经过跟同学的相处，学会怎么社交，学会种种的规矩。在霍尔顿眼中，这一切都让人变得更加虚伪，更加假，更加不真实。但是好玩的地方是，在流行文化里，这种对学校的批判一定会受欢迎的。台湾叫《麦田捕手》，其实那个捕手是 Catcher，就是棒球里面的捕手。不管是守望者还是捕手，这本书在当时引起那么大的轰动，尤其是受青少年的喜欢，很多人就是喜欢他对学校的批判和攻击。有点像到了70年代平克·弗洛伊德乐队的时候，墙一样，the wall，都是一种对学校教育体制的批判。他们认为学校把孩子的个性磨灭,变成一模一样的机器。一个青少年他有自己的内心情感，有自己的性格，怎么能够忍受把你做成沙丁鱼罐头一样的过程呢？所以他们都喜欢这种批判，因为大家都有共同经历。

史　航：我觉得有一件事特别有意思，他特别爱他的弟弟，他特别幸福地回忆他弟弟被老师表扬、被学校认可，那一刻他说的可不是他弟弟真倒霉，被老师表扬。所以，他不是先天的，他是真的失望过，现在把希望自我剪辑掉了。

陈晓楠：变成了愤怒。

史　航：他对教育的抵触，其实这正是自我教育的开始。马克·吐温说你不能因为自己上大学，就耽误自己受教育。我看这帮人的时候，其实在想一件事，就是霍尔顿到了中年会怎么看这一切。现在是他十七岁的回忆，等霍尔顿到了中年，他们再遇到的时候很可能是一次和解，但不是跟教育制度中的伪善和解，只是人到中年容易和解，其实就是跟岁月和解，不是跟社会和解。

长大是人必经的溃烂

梁文道：其实塞林格这本小说出版之后，很多人想让他写续集，想知道霍尔顿长大之后怎么样？

陈晓楠：怎么样？

梁文道：他没写，但是后来有很多人替他写，我记得还有人写完直接出版了。当时塞林格已经隐居了，如果不牟利，他容许大家拿这个 IP 继续创作，因为美国人太爱这本书了，所以很多人为他写续集。我见过一个很有趣的是，写七八十岁的霍尔顿是个什么样的人。为什么我们会幻想这件事？就像刚才史航说的，为什么会想他老了之后会怎么样？中年之后会怎么样？因为这里面牵涉的是你跟世界是什么关系？这本书里面描写的这几天中的霍尔顿，他跟世界的关系是紧张的、冲突的，他拒绝世界。很多人会从青少年心理学来讲，其实他渴望被拥抱，渴望被接纳，但他表现出来的姿态是我先拒绝你，就有点像爱人的关系，你明明爱一个人，但是你表面上显得很疏离，要不然你会觉得放下了你的尊严。任何一个人年轻的时候可能都跟这个世界有过冲突、矛盾，到了后来他该不该跟世界和解？如果跟世界和解的话，这到底是成长了、成熟了，还是伪善了呢？

陈晓楠：这可能是一个永恒的话题，所以青春是什么？

史　航：我觉得就像中年同学聚会一样，喝酒之前说我们真是进化得可以，文道兄。喝完酒之后说，你这个王八蛋，我这个王八蛋，我们都干了些什么。

陈晓楠：所以人家讲长大是人必经的溃烂。其实整本书写的就是三天的经历，时间跨度不大，可是批判力度非常大。刚刚我们看到的他跟同学的关系、跟老师的关系、跟学校的关系，然后他就一心想逃离学校，外界或许有他想找的真和自由，他试图走入社会，去打破他心里的隔膜。但他和这个社会的那堵墙特别明显地筑在那儿，似乎他永远逃不开，各种规则让他产生愤怒或者恐惧。他到底看到了些什么？首先是那个家长，这让我想到了自己。

梁文道：你该好好想想你自己是不是这样。

陈晓楠：那个家长对自己孩子的认知和孩子本身差了很多。我们会心一笑，发现这是一个很正常的现象。

梁文道：父母通常都会溺爱自己的孩子,或者说对自己的孩子有偏向，对于自己的孩子在各方面的表现跟别人看到的不一样。哪一个更真实呢？我们倾向于别人看到的更真实，父母看到的是主观的。这是一个很正常的事情，可问题是霍尔顿居然看不顺眼。这就可以看出他对“真”的执着程度。他会觉得这当妈的太可笑了，但他也虚与委蛇，跟那个同学的妈妈说你儿子太牛了，太了不起了，我们大家都想要选他当班长，但他太谦虚了。他好像也在逢场作戏，在玩这种游戏，但不一样的是他在玩弄人家的母亲，他觉得我这么讲，其实是调侃，是在戏弄你，你居然还当真了。他正处在这样的阶段，对所有假的东西都不能接受，本能地抗拒。但学校一直在训练他怎样学会接受，所以他逃离了，来到了外面的世界，然而他却碰到了更多虚假的东西。

史　航：我觉得霍尔顿就是要卸除一切滤镜，卸除你作为父母看孩子的滤镜。现在我们连自拍都要修两分钟再发。他不能接受滤镜，这是第一点。再一点我觉得特别有意思，他说我们曾经要选他当班长，他很谦虚。他同时在玩弄虚荣的家长和班长这个职位的荣誉，甚至还包括谦虚，他一箭三雕地玩弄。他对世俗荣誉的鄙视已经根深蒂固了，所以才会拿这个来开玩笑。他绝不会说，你那个儿子长得特别像我弟弟老艾里，他说不出来，因为他觉得弟弟是个可爱的孩子，别人的儿子不是。其实他心中有标准，他可以巩固自己的标准，也蔑视别人的标准，这就加大了自己跟别人的鸿沟。

陈晓楠：而且他对这些东西格外清醒和敏感。

史　航：其实校园就是社会，它们之间没有一堵墙，是融会贯通的，所以他于天地之间无处可逃。他到纽约花了最冤枉的 230 美元，帮西雅图的那些小丫头付钱。这 230 美元其实是一个象征，他说我是一个和平主义者，我不跟人打架。所以，他不是心疼这些钱，其实是他的尊严被剥夺，尊严是有价格、有刻度的。

梁文道：他的尊严是一个不断被践踏的过程。

陈晓楠：他一直鼻青脸肿的，认为自己是一个挺江湖气的人，但实际上这个菜鸟到了江湖比他在学校要更加惨。

梁文道：在学校里面被同学打，到了外面就被这个拉皮条的打。

陈晓楠：更加头破血流，各种痛打。所以他只好用精神胜利法，就想象自己能够开枪，像好莱坞电影一样把那人干掉，然后那个被人家抢走的女朋友过来帮他擦脸上的血。好玩的是，在这部小说的叙述里面，这个叙事者他很清醒地意识到这一切是在安慰自己。这个部分很有趣,这个年轻人他拒绝这个世界，他讨厌这个世界，但他仍然想有尊严。他跟这个世界冲撞，但每次都输，我们目睹了这个男孩怎样安慰自己，但是这样安慰自己又是很丢脸的事情，所以他每次都要用各种粗俗的语言来包装这种安慰，让自己显得没那么气馁，没那么弱势，这恰恰是整本书让读者心动的地方。你觉得这是他柔弱的表现，他不介意让你看到他的柔弱，但是他要用一个很强硬的外表来展示他的柔弱，你会觉得很同情他。

很辛酸，而且他表现出来的愤怒、傲慢，其实里面有一种深深的恐惧。

梁文道：还有不安。

陈晓楠：对于那种无可名状的平庸，我可能会汇到人流里躲避，但是他表现出来的是愤怒、是矜持、是傲慢。

史　航：所以，读者看这个的时候为什么会动心？其实很简单，就是他觉得连他自己都忘掉，别人可能都不知道的事情，被作者塞林格一写，他包藏得那么好的伤痕，虽然瘀青早都消除了，但隐痛还在，结果这一次又戳到那个隐痛的地方，这种成长中的认同感特别重要。如果你写了一个像少年侠客一样铲平天下的人，那我其实已经懒得代入了。但你写出后面的真相的时候，我忍不住都要回去看一眼。所以，霍尔顿那么爱吐槽的人，我们居然不讨厌他，只有一个理由——他就是我们自己。我能想起来初中的时候被人打是什么样，被人抢钱是什么样。无论时代怎么变迁，都留有隐性伤痕。

陈晓楠：最后青春过去，这个东西是不是真的消失了？是不是也有二十六岁的霍尔顿、三十六岁的霍尔顿、六十六岁的霍尔顿，住在我们心里？

梁文道：多多少少都有。就等于一些年轻人在上学的时候很叛逆，会在各种场合吐槽成年人的世界，看不惯所谓的江湖规则，但终有一天他在一家公司工作或在一个机构上班，可能也要学这一套，甚至他在这一套里面玩得如鱼得水。但是，为什么那么多人会在喝醉酒的时候耍酒疯呢？其实就是那个时刻他必须借这个来宣泄。

史　航：喝多了就是穿越了。

陈晓楠：少年的自己又出来了。

梁文道：通常我们看成年人喝醉酒瞎胡闹是一个很可笑的场面，那种可笑是因为他太像少年人，有那种第一次喝啤酒在装什么的感觉。

另外一个，是很多男孩子都经历过的，对于性的压抑和不安。比如说花钱找了一个姑娘，但他其实很恐惧、很害怕，他还没有失过身，很羞耻。真到这个关头，他又觉得要跟人家聊天。这里面其实也包含了一种对“真”的追求，就觉得这是你的工作、你的职业，但是你能不能告诉我，你白天干什么？你干这一行之外，你平常是个什么人？但人家不是跟你来聊这个的好不好？

陈晓楠：又被痛击了一下，是吧？

梁文道：对，还要被搞一下。

陈晓楠：所以我们看到他是清醒的、敏感的、极其脆弱的，显得有些荒唐的霍尔顿。那么他和这个社会真正的连接到底是什么？其实我刚才很感动的地方在于，他说我一难过就想到了艾里，我不带他玩，但他没有生气。这是一个在他心里如芝麻粒小的美好的细节，但可以安慰他所有的悲伤。这可能就是他跟这个世界真正的连接，是他要找的那个东西。

史　航：他是一个太柔软的人，这个世界的温存形成了他的歉疚，而不是真正的安慰。所以他会跟妹妹菲比打电话，但他同时知道给妹妹打电话的风险是老爸可能会接通。这就特别清晰地勾勒出他跟这世界的关系，就是刀口舔蜜，老爸是这把刀，跟妹妹聊天是那个蜜，太艰难了。所以你跟这个世界隐秘联系的时候，同时有巨大风险。

守住在麦田里奔跑的孩子

陈晓楠：霍尔顿在社会上游荡了三天，整本书就写了这三天，霍尔顿不断在寻找，似乎他的愤世嫉俗、他的玩世不恭，会让你在里面看到一点点根，那个根到底是什么？就是很著名的那一段话：我想要守住这些在麦田里奔跑的孩子，不让他们掉于悬崖之下。这个悬崖到底是什么？

梁文道：这是一个全部由小孩构成的世界，孩子们在麦田上奔跑，没有大人。所有人横冲直撞，没有人知道自己想干吗，没有人知道自己在做什么，但是大家很开心。一旦掉下去，也许就掉进了一个知道自己要干吗，知道自己要往哪儿走，而且有很多大人的世界。那他到底属于哪一个世界？他是下面那个世界，还是麦田里孩子们的那个世界？他都不是，他站在悬崖边上，他是一个捕手二号。在棒球游戏里面，捕手二号等同于场上教练，他会跟投手做各种动作指示，告诉大家该怎么布阵，该怎么走。他要做这样一个角色，又不是小孩，又不是大人，喜欢小孩的天真纯洁，痛恨虚伪的世界。他正好在两个世界之间，他知道那边有什么，他更珍惜这边，但他也回不去了，加入不了那群小孩之中，他很清醒地意识到自己的位置。所以，这是这本小说里最能让我们看到霍尔顿有多清醒的一段话。

史　航：我感觉这个特别有意思，霍尔顿不想长大。但如果不小心长大了，他希望其他孩子能延缓长大。这是一件逆天的事情，他要调慢所有生命的时钟，会累死他的。所以这一刻你能察觉到作者塞林格是一个理想主义者，没有任何标签，就是一个空心的理想主义者，他只希望自由的风接着吹给这些孩子。所以，这样的一个人最后才有资格说想念他提到的每一个人，包括打他的皮条客，包括那个打他的室友。因为那些人都是孩子，只是他没有机会在悬崖边拦住那些人，那些人扑通扑通掉下去，变成皮条客，变成势利的摩罗太太。他甚至怀着歉疚说：“我没有及时出现阻止你们那么糟糕地长大，长成那么糟糕的样子。”他真正是鞠躬尽瘁、死而后已的人。

所以你问他有没有正能量，在这一点上不好说。他像所有的正能量大神、正能量的至圣先师一样，让自己担负了无穷的责任。不管怎么样，我们不可以认为《麦田里的守望者》是一部没有责任感的小说。

青春和成长是永恒的话题

陈晓楠：对于结尾大家好像有两种不同的看法，有的人觉得他在看到旋转木马的时候，内心得到了某种安慰，然后接受自己长大了；另一种看法就是觉得他进精神病院了。

史　航：他不是一个主动寻求安慰的人，反而是一个把自己捆在旋转风车上，一直去做这件事的人。他妹妹出走的时候，他说因为你我不能出走，所以我就留下。我们爱的人留在这个世界上，于是我们成了人质，人质在绑匪手中，我们不可能背对这个世界。

梁文道：他跟上一代人的关系不怎么样，包括他的父母和老师。他跟同辈人中所有同学的关系也不怎么样。但他跟已经死去的弟弟，还有他的妹妹、哥哥的关系是最好的，是能够把他当人质留在这个地方的。这类小说从文学类型来讲，可以叫作成长小说，或者叫作预成小说。这类小说在20世纪比较经典的就是《少年维特之烦恼》，这两部小说有个共同的特点，就是它们作为成长小说中的经典，恰恰都是反这个类型的。大部分的成长小说描写的是一个少年怎么样逐渐长成，如何抛弃自己的一些东西，又获得一些东西的过程，而这类小说是到最后你看不出他明显的成长历程，因为一个人不可能三天内忽然长大，所以他集中描写的是中间的一个状态。你看不出这个年轻人后来会怎么样，大部分成长小说要给你一个完整的过程，我们觉得比较正能量的小说也都是这样。这本书之所以有争议，就是在于它去头去尾，只要中间那段。但那段写得那么深，于是那么多人觉得感同身受。

陈晓楠：每一个人对“长大”这两个字的判断是什么？我觉得每一个人都有自己的答案。不管霍尔顿长大了是什么样，塞林格后面是什么样子你可以给我们讲讲。

史　航：他很奇怪。

陈晓楠：他真的与世隔绝了，是吧？

史　航：我觉得霍尔顿一生中最美好的时光是他还在犹豫的时光，就是他不知道怎么长大，而塞林格最后长得一往无前。首先说他的影响力，要开枪打死约翰·列侬的那个查普曼，开枪之前看的是《麦田里的守望者》，过后说我是他的读者。塞林格没有稳定的婚姻状态，跟女医生结婚又离婚了，然后跟自己的女读者产生恋情，把人招来再赶走，最后写本书《我曾是塞林格的情人》。我觉得他一直是一个没有定性的状态，他可能不会在悬崖边把人家给拦住，而是会让开一步，有些女孩子就会产生阴影，觉得很失败。当然他自己也有阴影，他喜欢伟大的剧作家尤金·奥尼尔的女儿乌娜·奥尼尔。

梁文道：一开始跟他在一起了。

史　航：但人家在十八岁的时候嫁给了五十四岁的查理·卓别林。我觉得他是一个把自己“真”得断了线的风筝，人彻底放飞了。他所有的怨心是交给主人公的，而他自己遛了个空，然后就逃之夭夭了。

他不可能成为霍尔顿，要不然他后来的人生会更悲惨。

陈晓楠：虽然这本书写自20世纪50年代，它反映的可能也是那个时代美国青年的心理，但实际上每个人都能从中找到自己。

梁文道：经典都是镜子。

陈晓楠：到底什么是青春，什么是长大？这可能是一个永恒的话题，每个人都会在这里面通过自己的感受找到答案。

关正文：垮掉的和坚挺的

一个中学生，学业挂科，抽烟、喝酒、打架、早恋，满嘴脏话、谎话，不但不尊师敬老，而且不尊重一切人，在他的眼里，除了自己的哥哥、妹妹和死去的弟弟，这世界上就没有一个好人。问题是，就这么一个小渣男，在纽约街头混了三天的故事，不但是风行全球的名著，据说还进入了全美学生的必读书目。

痞子文学，垮掉的一代，这是特定时期美国的文学现象，同样的现象在当代中国文学和流行文化中也照样强烈地爆发着。最先是王朔，后来是一代摇滚青年，再后来就是郭德纲，都是在用挑战主流价值赢得最广大人群的由衷喜爱，很多人都觉得这是草根与庙堂的冲突，却没想到时过境迁之后，他们却成了庙堂。

但世界却依然是原来的模样。比如说，霍尔顿的历史老师显然并不知道历史教育为何物，也不知道霍尔顿的考试答卷内容才是真正触及了有趣的求知方向。考试不及格，只是没有重复无聊的标准答案而已。霍尔顿被开除的遭遇不但没有唤起老师一丝的自省，而且这个故事流行了七十年，你今天使用霍尔顿的答案，也照样挂科，老师给你讲的也还是七十年前的道理。

再比如，去纽约的城铁上，霍尔顿碰到了一个同学的母亲，他胡诌了渣男同学的优异表现，结果这位家长却信以为真。这一场景真的是触目惊心，母亲眼中的孩子在同学眼中可能根本就不是同一个人，同样的道理，情人眼里的西施在同事眼里、邻居眼里可能也不是同一个人。

很多读者都说，塞林格在《麦田里的守望者》中，揭示和批判的是成人世界假模假式的虚伪，我觉得这是误读。虚伪是明知真相却有意加以掩饰，塞林格笔下的这些人根本看不见真相，也没有能力甚至没有兴趣探究真相，这才是最让霍尔顿和塞林格愤怒绝望的。

霍尔顿后来进了疯人院，作者似乎是想说他与社会的格格不入符合了精神疾病的诊断标准，这也让每一个喜欢这部小说的人，都有了一种世人皆醉我独醒的另类感。我一直觉得作者的这个安排有点虚张声势，因为这个世界又不是没有向霍尔顿展示过真实的一面。他在小旅馆里通过皮条客找姑娘，结果不但被敲诈了钱财，还被臭揍了一顿。霍尔顿的反叛，不过是敏感书生的自嗨。面对真实世界，他不过是一只菜鸟。

一本好书

第七本书 × 查令十字街 84 号

你们若恰好途经查令十字街 84 号，
请代我献上一吻，
我亏欠它良多……

我们常说“千金易得，知音难求”，有时身边人尚难知心，遑论能收获一份远隔重洋的莫逆情谊。美国作家海莲·汉芙的《查令十字街 84 号》，就为我们讲述了一个虽相隔万里，但深情厚谊却始终留存于心的温暖故事。身在纽约的海莲与远在伦敦的“马克斯与科恩书店”的店员弗兰克之间从未相见，但为了分享一本本好书，他们进行了长达二十年的通信。这些信件被结集成书，成了全世界爱书人人手必备之作。该书还被誉为“爱书人的圣经”，被译成数十种文字在世界范围内流传。书中所提到的查令十字街 84 号，更是成为所有爱书人的朝圣之地。

从前书信很慢，如今一条信息分秒必达；从前执着于灵魂相契，如今沉湎于世俗物欲；从前爱极书香墨香，如今却被裹挟在互联网的信息洪流里，难攒胸中墨水……茫茫人海，我们被时光推着往前，如何在流逝的光阴里获悉生命的意义？

或许是这样：有爱好的事，有知心的人，心中有坚守，生活有盼头。

（玛克辛写于后台）伦敦
1951年9月10日

甜心儿：

这是一间活脱从狄更斯书里头蹦出来的可爱铺子，如果让你见到了，不爱死了才怪。

店门口陈列了几架书，开门进去前，我先站在外头假装随意翻阅几本书，好让自己看起来像是若无其事地逛书店。一走进店内，喧嚣全被关在门外。一阵古书的陈旧气味扑鼻而来。我实在不知道该怎么形容：那是一种混杂着霉味儿、长年积尘的气息，加上墙壁、地板散发的木头香……店内左手边有张书桌，坐着一位年约五十岁，长着一只贺加斯式鼻子的男士。他站起身来，操着北方口音对我说："日安。"我回答说我只是随意逛逛，而他则有礼地说："请。"

极目所见全是书架——高耸直抵到天花板的深色的古老书架，橡木架面经过漫长岁月的洗礼，虽已褪色仍径放光芒。接着是摆放画片的专区——应该说：一张叠放着许多画片的大桌台。上头有克鲁克香克、拉克姆、斯派和许许多多我叫不出名字的英国插画家的美丽画作；另一边还放着几叠迷人的古旧画刊。

我在店内待了约莫半个钟头光景，期待着你的弗兰克或是哪个女孩翩翩现身。不过，因为我到达时已过了一点钟，我猜他们全都外出用餐去了，而我又不能待太久。

就是这样咯！新戏的预告并没有造成万人空巷，不过据说对方人蛮好的，排给我们几个月的档期，所以我昨天出门找出租公寓，在骑士桥附近有一间小小的、蛮不错的小套房。现在还没确定，一旦定下来，我会写信告诉你，你也可以再打电话问我妈。

三餐不成问题，我们都在餐厅或旅馆里用餐，像最高级的克拉里兹大饭店就能充分供应炖牛肉、烤排骨。价钱虽然贵得离谱，不过折合成美金倒是挺划算的，所以我们还吃得起。假使换成我是英国人，瞧见这光景一定会恨得牙痒痒的。但是他们反而都对我们好得不得了，到处有人邀请我们去家里做客或上馆子。

唯一短缺的东西就是糖，凡是甜的东西，一应俱缺。也许我反该谢天谢地，正好让我在这里瘦他个几磅。

写信给我。

爱你的玛克辛

纽约市东九十五大街 14 号
1951 年 9 月 15 日

玛克辛：

真多亏了你的慧心巧手，书店简直被你给写活了——你的文笔实在比我好得太多啦！

我刚打了电话给你妈妈要你的住址，她要我转告你：方糖和巧克力棒依照你的交代，已经给你寄去了。你不是还跟我说你要趁机减肥的吗？

我不想让你以为我是酸葡萄，不过我实在不明白，你究竟是何德何能？老天竟任由你饱览遍逛“我的书店”；而我为什么就只得乖乖蹲在九十五大街的破公寓里，埋头写着这劳什子《埃勒里·奎因的冒险》电视剧集脚本！“我不是告诉过你，不能安排一截沾着口红的烟蒂当作破案线索吗？”“我们这个节目是由百优雪茄公司赞助的，千万别给我编出‘香烟’这个台词儿。”……就连在场景里安排的一只道具烟灰缸里也不许出现烟屁股；也不能摆雪茄屁股——厂商嫌不好看——所以，只要剧情出现烟灰缸，里头全好端端地搁着一管全新的、未拆封的百优雪茄！

简直岂有此理！你却还能跟约翰·吉尔古德坐在克拉里兹的酒吧里打情骂俏！

来信时多写些伦敦的事物——地铁、巷弄胡同、古宅大院……随便什么都好，写仔细点儿。告诉我骑士桥长什么模样，此刻我的耳畔似乎响起了科茨的《伦敦组曲》……听起来是那么绿意盎然、雄壮典雅。

xxxx

hh

纽约市东九十五大街14号

1951年10月15日

这哪是佩皮斯日记呢？你倒是给我交代清楚！

这本书根本不够资格称之为《佩皮斯日记》，这只是哪个没事找事做的半吊子编辑，从佩皮斯日记里东挖西补、断章取义，存心让他死不瞑目！

真想啐它一口！

1668年1月12日的日记跑到哪儿去了？记着他的老婆把他踹下床，抄了根烫红的拨火棍，追着他满屋子乱跑的那天的日记呢？

记着W.佩恩爵士福至心灵的儿子成天揣着教谕，把大伙儿搞得七荤八素的日记呢？这些偷工减料的手脚可别想逃过我的法眼。

附上两张皱巴巴的钞票。我想，用来付这本玩意儿，外加你将要为我找来的那本“货真价实的佩皮斯”，应该绰绰有余了！到时候，我会将这本烂书碎尸万段，然后，一页一页撕下来——拿来包东西！

HH

P.S. 圣诞节快到了，到底是寄新鲜的鸡蛋，还是干燥蛋好呢？我当然明白干燥蛋可以放得比较久，但是，“丹麦空运直送的新鲜鸡蛋”光听都觉得香，你们快帮我拿主意吧！

马克斯与科恩书店
伦敦中西二区查令十字街 84 号
1951 年 10 月 20 日

海莲 · 汉芙小姐
美国，纽约州，纽约市 28
东九十五大街 14 号

亲爱的汉芙小姐：

首先，在此为我们的疏忽向您致以十二万分的歉意。我一直错认为那是收录完整的布雷布鲁克版。我相当能够理解，当您发现该书阙漏了喜爱的章节时，会有何等的失落感受。

我一定会尽力另找一本书价合理、完整收录您在信中提及的段落的《佩皮斯日记》，并尽快为您寄上。

同时，很高兴地在此向您报告：本店最近将收购一批私人藏书，我已从该批书籍中拣选出一些您会喜欢的书，包括一本利 · 亨特的选集，收录大半您曾提及的文章；还有一册《通俗拉丁文新约全书》——希望这回不会再出错了；同时有一本或许对您相当实用的

《通俗拉丁文圣经辞典》；另一本《20世纪英国散文选》，内容虽收入希莱尔·贝洛克的文章，但并不是谈论厕所的那篇。随信附上发票，上列书款十七先令六便士，约合美金二元五角，此书账已扣除您在敝店账户中的二元余额。

至于鸡蛋的问题——店内同人商量的结果，大家似乎意见一致，均认为新鲜鸡蛋较好。诚如您所言：鲜蛋虽较难久放，但风味确实不同。

我们都期盼大选后日子会好转。如果丘吉尔先生和他的政党能赢得选举——这也是我的衷心期望，将会是一件振奋民心的好事。

衷心祝福您

马克斯与科恩书店

弗兰克·德尔谨上

摘自译林出版社《查令十字街84号》

【作者简介】

海莲·汉芙，1916年4月15日生于美国费城，1997年4月9日因肺炎病逝于纽约。她生前绝大部分的岁月都是在纽约曼哈顿度过的，从事的工作多为撰写和修审剧本，代表作有《我眼中的苹果》《Q的遗产》《纽约来鸿》《布鲁姆斯伯里的女伯爵》，以及一系列以少年为对象的美国历史读物。

令她声名大噪的作品乃是她在1970年出版的书信集回忆录《查令十字街84号》，海莲·汉芙说，《查令十字街84号》没有使她富有，却让她收到数以百计的来信和电话，让她收获了许多的鼓舞，恢复了她一路走来丢失已久的自信和自尊。

她一生都期盼去伦敦看看，1971年她应英国出版商之邀，开启了四十天的英伦之旅，并写下文学旅途日记《重返查令十字街84号》。

她在查令十字街84号下车，来到昔日的马克斯与科恩书店。她心中想着一个人，她和那人通了这么多年的信，如今，她来到了这里，斯人却已不在……

一本好书 剧场

【角色】

老年海莲：潘虹

少女海莲：尤靖茹

弗兰克：匡冠荣

比尔：荆俊威

马丁：赵琨

原来，最近的美好在远方

一次偶然的机会，身在纽约的海莲看到报纸上刊登了一则远在伦敦的书店打出的广告，她鬼使神差地给这家英国书店寄去了一封信。这个自称拥有着古老喜好的年轻作家住在简陋的阁楼里，烦恼于无法在纽约买到价格合适、满足她阅读品味的书籍。谁都不会想到，这封不带任何希望的求助信竟然会成为一段传奇的开始。

这家位于查令十字街 84 号的书店和海莲的阅读人生发生了戏剧性的交集。一来一往之间，繁华的纽约是那么远，而备受战争摧残的伦敦是那么近。

一边是海绵，一边是墨水瓶

海莲与伦敦的马克斯与科恩书店在七十年前就开创了私人定制和货到付款的商业模式，外加顾客差评机制。海莲富有文学品味，而且是个直肠子，弗兰克常常收到这位顾客的咆哮信。英国人哪里受得了海莲的差评。于是，书一本一本地累积，生意也越来越像朋友之间的情谊。

没有一本烂书能够逃过海莲的法眼，没有一本好书能逃过弗兰克团队的甄选。海莲就像是一块巨大的海绵，她渴望得到书籍的滋润。弗兰克这边像是一个墨水瓶，他们渴望用书去浸泡那个大洋彼岸的读者。

多好！

伦敦没火腿，纽约没文化，正好！

故事发生在二战结束后，欧洲遭到重创，英国也在其列。1947年的时候，伦敦物料短缺，市民生活在极其艰苦的条件中，饭桌上捉襟见肘。那时候的伦敦，为了市民供暖，甚至一度把工业都停了。

而大洋彼岸的美国却是另一番景象，纽约物质充裕，但文化短缺。作为新兴强国的美国在文化上的步伐还没有赶上。另外，功利主义和功能主义盛行之下的出版业让海莲头疼，要么旧版书的价格高得让人望而却步，要么粗制滥造的廉价书让海莲痛心不已……

伦敦没火腿，纽约没文化，看似困局，实则正好！

她不断地给伦敦的伙伴们寄去礼物，火腿和鸡蛋……伦敦这边不断给海莲寄去她想要的书。这个交换美极了：纽约这边是一个读者的似火热情，伦敦那边是一个书店的绅士风度。

你等待什么，你就成为什么

我们现在读那时候的书信，总免不了代入互联网的速度。要知道那个年代，书信是很慢的，而慢，则需要人们抱有持续的热情以面对令人焦躁的等待。

那时候，找一本书常常需要很长的时间，而遇到一本好书，也需要足够多的阅读。书少，信慢，但从现在的眼光来看，海莲却因为这些而无比幸运。

困乏总是激发人的欲望，缓慢总是磨炼人的耐性。阅读这种书，你常常会听到海莲的一声声尖叫，是每一次拆开包裹时的那一声声“啊”，那是一种兴奋得无以言表的失控。

你等待什么，你就成为什么。海莲等待的是知识和爱，她就成为知识和爱的源泉。

查令十字街 84 号，是一座灯塔

《查令十字街 84 号》不是一本小说，书中的每一封信都是海莲和书店成员一笔一画写出来的。但每个读者都能感受到，这样的现实实则是最美的故事。

这些信中，不只关于书，更关乎那个美好和困乏交织的时代，关乎那个时代的人们的心灵，更关乎那些心灵所投射出的灵光所照亮的别的时代。

查令十字街 84 号已经超越了一个地址，它成为无数读书人心中的灯塔，无论时间的浪会随风拍向哪里，只要我们沉下心来阅读这本书，就会发现：总有人在岸上向你招手。

待到风平浪静时，也总会有一些句子散落在文学的细腻的沙滩上，等待你弯腰拾起。

每本书的封面都宛如他的面庞

后来的某一天，海莲终于来到书店，但她知道，她不可能见到弗兰克了。早在之前，她就收到了一封很不一样的信：弗兰克去世了。两个远隔重洋的灵魂最终没有在现实生活中相遇。但那又怎样呢？在这二十多年里，他们已经比这个地球上绝大多数的人更加亲密，更加信赖彼此。心中每一次亲切的呼唤都像是老朋友拍打着你的肩，而每一本书的封面，都宛如弗兰克这个书呆子的面庞。

海伦在她的另一本书《重返查令十字街 84 号》的开头这样写道："按理，这该是我此生最快乐的一天，1971 年 6 月 17 日，星期四。上午 10 点钟，英国海外航空公司的班机从纽约肯尼迪机场准时起飞。蓝天无垠，阳光灿烂，用了一生的等待，我终于踏上了去伦敦的旅途。"

陈晓楠：你要先和一本书有实体接触,才能断定自己和它有没有缘分。

蒋方舟：读书是一种性价比最高的生活方式。

止　庵：如果我们读到一本自己感觉特别好的书，其实就是去了一趟查令十字街 84 号。

不要把读书当成一件苦事

陈晓楠：拿起一本书抚摸它时的那种愉悦感、那种幸福感、那种恨不得把自己的脸颊贴上去的特有的仪式感，我相信二位在读书生涯中一定有很多次这样的体验，对吗?

蒋方舟：我在大学的时候就很喜欢逛书店，每个周末都会拿着一个大蛇皮袋子去学校附近的一家书店扫货。到最后我对那家书店熟悉到，我单是在里面走一圈，就知道哪个位置多了一本什么样的书，因为我实在是太清楚它的布局了。那家书店对我来说，就有点像时间的一个矛，哪怕所有的东西都在变化，它也是永恒不变的，这是我对那家特定书店的一种特定情感。

陈晓楠：那你有过在某一刻和某一本书产生共情的时候吗?就是你读到它的时候，有一种幸福感、酣畅感。

蒋方舟：有的，读格雷厄姆·格林的《权力与荣耀》读到后半程的时候，我全身颤抖，不能自已，就一直哭。它带给我一种非常高峰的体验，就连我都不知道自己为什么会情不自禁地流下眼泪。它带给我一次特别大的情感上的震动，比失恋还痛苦，我觉得我失恋好像都没这么哭过，但是看这本书的时候，会为一个陌生人虚构的命运感到痛苦。

陈晓楠：止庵老师呢？关于阅读的幸福感，有没有可以分享的事迹？

止　庵：读一本书好比交一个朋友，人交朋友要挑，读书也一样要挑。而这个朋友呢，还不是一般的生活上的那种朋友，它能与你交谈，尤其是它还可以告诉你一些事情。所以，读书实际上是与高人对话，要交比自己高的人。我们在生活中可能见不着这样的人，但是我们可以通过书这个媒介，听这个作家跟我们说。如果没有书的话，那可能我见到的都是平庸之辈，我想我自己也是一样。

陈晓楠：那您平时有没有什么与书有关的仪式感？

止　庵：首先我不在网上买书，我还是喜欢逛书店，因为在书店里，你可以直接去挑一本书，挑的过程是很有意思的。就像《查令十字街84号》中的海莲一样，她是指定自己要哪本书，这和我去书店买书是一个感觉。

陈晓楠：你要先有实体接触，才能断定自己和它有没有缘分。

止　庵：书是一个实体，它的封面，里面的纸的颜色，如果它是本旧书，里面可能还有前人的笔记，这一切是只有你看到实体书时才能拥有的。

蒋方舟：我能回想起来的，感觉特别美好的阅读体验都是去书店挑一本书。可能我也不知道有谁推荐过，不知道它有没有名，我记得我高中去一家二手书店，有的书连封皮都没有，我都不知道是谁写的，结果往下看，忍不住赞叹，这谁写的，怎么写得这么好？这样与书邂逅的方式，和在网上根据畅销书榜来选购，两者是无法比拟的。

陈晓楠：现在我们别说逛书店了，就是完整地读一本书的机会也变得越来越少了，你们有没有因为现在的所谓的碎片化阅读和电子化阅读，而流失掉过去觉得很好的体验？

蒋方舟：我之前参加过一个专门卖二手书的APP的活动，他们办了一个小展览，这个展览展示的就是他们在二手书里发现的原主人夹带的一些东西。特别有意思的是，他们发现里面夹带最多的就是登机牌。就好像人们现在坐飞机，在飞机上因为没有WIFI，那反而变成了最完整的一段阅读的时间。

止　庵：大家都说没时间，其实我们现在的时间比我们年轻的时候多得多。比方说，过去我从北京到上海需要二十多个小时，现在只要几个小时，有高铁和飞机之后，实际上我们现在的时间比以前多了，只是我们不会利用。我上大学的时候，每周末回家，我都要在公共汽车上看书，如果人很挤的时候，我会把书放到车顶上看，而且读的都是长篇小说。

陈晓楠：很有画面感，在颠簸中感受小说情节的起伏。

止　庵：我们不能把读书当成一件苦事，如果把它当成一件苦事的话，就容易出现碎片化阅读。读书是一件好事，而且它不是一件值得张扬的事，它就跟我们洗脸刷牙一样，是一个生活习惯，如果我们把它当成一个生活习惯的话，就变得很自然了。

好的书籍拥有穿越时空的魅力

陈晓楠：海莲讨厌读新书，她说她读旧书的时候，会感觉有前人的灵魂在指引着她走进文字当中。比如她看到书的某几页是比较松的，就说明前人很爱读这几页。整个阅读过程中，她会感觉自己好像在跟朋友一起读一本书，一起去体验书中人的生命，那种感觉是非常微妙的。

止　庵：海莲习惯于描述每一本书的形态，因为那个年代出版的书很讲究，有各种各样的工艺。可是后来变得不一样了，书的装帧变得廉价。所以，我觉得她不读新书，其实是她不想读那种印制很粗糙、很低级的书，她向往的是过去那个好的年代。

蒋方舟：其实我原来也不能理解，后来有一次，我在读一本古书的点评版的时候忽然意识到，这不就是弹幕？古代的人读过书后，会把一些感想写在上面。现代社会中，每个个体都很孤独，你找不到同伴陪你去看书，陪你去看电视、看电影，这时候如果有一个弹幕，你就觉得好像存在一个隐形的陪伴一样。看别人看过的书，尤其是看别人看过还做了笔记的书，就跟开着弹幕很多人同时在看一部电影是一样的，我觉得换成这种比喻的话，年轻人更能理解其中的乐趣。

止　庵：《庄子》里面有一句话可以用来形容海莲和弗兰克的关系，

“万世之后而一遇大圣，知其解者，是旦暮遇之也”，一万年以后遇见一个懂得这件事的人，就跟当天见着一样。其实我们跟书的关系就是这样的，作者把一个信息藏在一本书里面，然后这本书被一个与他不是同一时间，也不是同一空间的陌生人读到，他跟那个作者产生对话，他们之间存在一种关系。我们阅读的本质就是找到这个关系。

陈晓楠：书籍能穿越时空的魅力就在这儿，它储存了一些东西。

止　庵：一本好书我们可以用两句话来形容，一句话是“放之四海而皆准”，它可以跨越空间的限制；还有一句是“历久而弥新”，它可以跨越时间的限制。比方说我们都喜欢读《傲慢与偏见》，奥斯汀这个人跟你我什么关系都没有，她根本不知道这本书将来还有中文版，她甚至可能连中国这个地方都不知道。但是，我们在不同时间读这本书的时候，都心有戚戚焉的话，那么就说明我们跟当年的奥斯汀之间隐秘地建立了一种联系。

蒋方舟：这就对我们如何读书有了要求，我一直说一句话，我认为作为读者，应该是很谦虚的，你不是一个消费者，很多人买书的心态就跟他去餐馆吃了一顿饭一样，然后点评一下，这个不好，那个不好。但是，我觉得作为读者最重要的是谦虚，读书的过程中，你要梳理，你要求同而不是存异，你要找到跟自己共通的地方，而不是挑错地说，这个地方跟我想的不一样，我们没有共鸣，所以你不好。共鸣是一种非常廉价的情感，你其实是需要去向他学习的。

止　庵：有两种读者，一种是他永远站在那儿不动，然后“万物皆备于我”，这本书合我意我就叫好，不合我意我就叫不好，就像现在购书网站上的一些点评，这书不好是因为我不喜欢。但还是有一种读者，他的位置是不断在移动的，他会看作者的书写得怎么样，有没有变化。有点像旅行，我到海边我就不看山，我到山里我就不看海。庄子也有一句话，叫求马唐肆，唐肆是空的地方，到没有马的地方去找马，我们读书经常就是这种情况，我要的东西作者根本不想给。所以我们应该先明白作者要给什么，他给的东西是不是我需要的。这就是为什么金圣叹当年要写《读第五才子书法》的原因，他专门给你写读书的方法，就是想告诉你，如果你读书的方法不对，你根本就进不了这门。

重要的不是读一本书，而是重读一本书

陈晓楠：有没有收到过一本书，让你觉得如获至宝？甚至让你觉得，你读它都是罪恶的，你不配读它。刚才方舟讲，你曾经有抱着某本书睡觉是吧？

蒋方舟：对，我有那种觉得自己不配读，读了几页就想要立马藏起来的一本书。我有一本达利画插图的《堂吉诃德》，是几十年前的一个版本。我朋友知道我很喜欢这本书，就比较费劲地从一个美国人手上花高价买了回来，那本书非常漂亮。然后大概有一周吧，我每天就抱着这本书睡觉。

陈晓楠：真的抱着？不是夸张？

蒋方舟：真的抱着睡觉，觉得特别幸福，我心想，我何德何能能拥有这本书。这本书后来被中国引进过，但是上面达利画的插图被印制得非常粗糙。我看了就很愤怒，所以我能理解海莲的那种愤怒。这么好的东西，被这么粗制滥造地对待，内心真的很生气。

陈晓楠：《查令十字街84号》中对于书的装帧的描写有很多细节，书的排版怎么样，出版社是哪家，内页用纸怎么样，采用了什么样的工艺等等，读起来就感觉那本书好像在眼前。

止　庵：最开始她应该只是想读书，后来才慢慢地开始注意到书的其他方面。所以我觉得热爱一本书，就要热爱这本书的一切。如果是在网上买书，这些交流就都没有了。或者海莲去到了这家书店，那这些也不存在了。所以，恰恰是因为他们通过书信来交流，这一切才变得不一样。

陈晓楠：她有一个等待的过程。

止　庵：对，而且你想想，如果海莲是到书店去买书，她怎么会把对某本书的意见说给那个卖书人听呢？她每次写信订购一本书，回头她都会对这本书发表一番意见，正是因为这个特殊的形式，导致海莲这个人的内心被整个揭示出来。

陈晓楠：海莲那么爱书，可是她也会扔书，这一点你们怎么理解？

蒋方舟：我也扔书。可能是年纪大了，越来越能感觉到自己一系列生理、心理上的变化。我以前看到一本书，不管好坏，我一定会读完，因为我觉得读完才能判断它究竟是好是坏。现在的话，我可能读到一半，觉得它不好，我就不会再读了，甚至会扔掉。现在读的大部分书都是读过的书。而且我很认同博尔赫斯所说的，书只有重读才有意义。

止　庵：加缪说过一句话，他说重要的不是读一本书，而是重读一本书。不同的年龄，读同一本书，我们的感受是不一样的。而且对同一本书，不同的人看，感受是有差别的，有人欲罢不能，有人认为是垃圾。有人会读书，有人不会读书，我们没有办法把一个人的标准，强加给另外一个人，这是甘苦自知，只有自己能够有所领悟。

只有当作者和读者处于一个大致相当的状态的时候，才能真正产生共鸣。读早了，你根本就看不懂；读晚了，你可能觉得她说的话过时了。我在上中学的时候，读《简·爱》和《呼啸山庄》，当时我觉得《简·爱》比《呼啸山庄》好，《简·爱》的道理多清楚啊，《呼啸山庄》就是一个发疯的人写的书。过了好多年，我的看法完全改变了，我认为《呼啸山庄》比《简·爱》不知道高多少。这真的就是因为阅历不同，你自己成长了，重读时的感悟就不同了，也就是说，你慢慢跟上了这个作者的脚步。

蒋方舟：也正因此，我甚至觉得博览群书这个词，不是那么大意义上夸人的话。现在有很多人，你一见到他，他就说自己博览群书，然后就像报菜名一样跟你说自己读了什么书，昨天还迅速看完一本书之类的，就像日本的大胃王比赛。

陈晓楠：囫囵就吞下去了。

蒋方舟：你会觉得那是一种表演式的读书。我认为所谓的博览群书，这个也喜欢，那个也喜欢，就说明没有一本书真正地打动你，这恰好说明你是一个没有品位的人。所以我现在越来越对那种号称自己读了很多书的人缺乏崇拜，大部分人的光环已经没有了。

它像一个时空储藏罐，储藏了非常多的历史变迁和深厚情谊

陈晓楠：这本书之所以打动人呢，还有一个原因在于买书卖书之外的情谊。几封书信往来后，海莲发现书店的店员们缺食物，然后她就热情似火地说“我给你们寄”，他们的情谊从这时候开始渗透到私人生活上了。那么你们觉得，这里面有没有什么可以深挖的地方？

止　庵：有的，她为什么要从美国寄食物到英国？这里涉及当时的一个背景，二战后，欧洲破坏严重，英国也在其列。甚至到了1947年，英国为了给民间供暖，把工业都停了，要不然冬天没法过。除此之外，1947年还发生了一件大事——印度独立。英国当时国民生产总值的40%来自印度，印度突然独立，这导致当时的欧洲很困难，这才有了马歇尔计划，而英国也是马歇尔计划的受援国之一。在这种情况下，海莲寄东西，对她来讲是举手之劳。但是对弗兰克来说，就是雪中送炭。至此，他们之间已经超出了一个读者和一个售书人这样的普通关系。

而且整个过程特别干净，就是那种透明到没有一点杂质的感觉，像水晶一样。尤其是书店这边的态度，很有意思。他们其实不止海莲一个顾客，但是无论你怎么抱怨，我都始终保持我的绅士风度，他们有自己的职业操守。而且，他们并不会因为跟海莲熟了，就改变图书的定价，而海莲也不会因为我和书店熟了，我就不付钱，他们双方的做法都很有意思，让人难忘。

陈晓楠：正是因为双方都很有意思，所以成就了这个故事。海莲的有意思还体现在她的个性上，你听不到她的语气，看不到她的神态，但是你看她的信的过程中，你会觉得她很直率，你会对她感兴趣，会想要揣摩她，会期盼她的来信。

止　庵：海莲是一个真性情的人，《查令十字街 84 号》这本书把这个人的性情写出来了。为什么它能成为爱书人的圣经呢？很大一个原因就是她的性情构筑太成功。她的眼里容不得沙子，有什么就说什么。反过来咱们想想弗兰克，他是卖书人，卖书人肯定喜欢海莲这样的，为什么？因为海莲买书真的是为了读，她不是一个收藏家，她是真的要看这书。我觉得对于一个卖书人来讲，他应该会觉得心有戚戚焉，在信的那端，有一个真的懂书的人，所以他很认真地给海莲找书，甚至可以接受她的批评。隔着一个大洋，从来没有见过面，他们之间的默契其实都是来源于对书本身和书的内容的一种热爱。

陈晓楠：还有一个很重要的原因就是，这本书里收录的是真实书信。

止　庵：它是非虚构作品。

陈晓楠：爱与憎，调笑与夸赞，所有的情绪都被海莲直白地坦露在信中。除了我们看到的他们有关于书的交流外，海莲和弗兰克其实还有很多私人的交往。所以我觉得书信这样的载体非常有意思，它像一个时空储藏罐，储藏了非常多的历史变迁和深厚情谊。

止　庵：所以读《查令十字街 84 号》的时候,会有种读之唯恐的感受。就是你很喜欢这本书，你怕读完它，你希望能多读一会儿。这本书中有很多值得我们细品的地方，它虽然不到一百页，很快就能读完，但是它里边的那个容量，两人书信来往二十年带来的巨大的空间感、时间感，很丰富，很令人动容。

书信往来二十年，不为风花雪月

蒋方舟：书里还有一点我印象特别深刻，弗兰克找书需要非常长的时间，有时候找一本书要花上三四年。像我现在买一本书，恨不得今天下单明天就能送到，我认为那种一个月一找、一个月一等的感觉很神奇。也正是因为等待的时间长了，当它到来的时候，那种饥饿感能促使你加倍地“挑剔”这本书，所有的文字你都要读，它的用纸、它的装帧，你都不想放过。可是现在的我们都丧失了这种读书的饥饿感，因为太唾手可得了。

止　庵：正是时间跨度太长，所以体现了这家书店的职业操守。你作为读者，嘱托我帮你找书，我一直记得，几年后还为此反馈回来，这很令人感动，书店已经把做这件事当成了自己的义务。

陈晓楠：最主要的原因是，弗兰克觉得海莲懂书。

止　庵：所以他会专心地给她找。

陈晓楠：他是默默地闷头找，不会在书信里很强烈地表达什么，而且找到了之后，别人还不能拿，要先给海莲留着。所以最后海莲说，你是全世界唯一一个最懂我的人。

止　庵：而且不论时隔多少年，弗兰克都记得海莲最早说过的不能超过五美金的要求，他太敬业了。作为一个读者，我一生都想遇见这样一个卖书人，你能够给他写信，他能够花几年的时间给你找一本你想要的书，这个是只有卖书人和读书人之间才能懂的一份感情。

陈晓楠：无须多言，心有戚戚焉。

止　庵：一种情况是，你去书店找一本书，没有找到，你就直接走了。还有一种情况是，书店的人帮你记着这事儿，你等着他们的反馈就好。后者是有一种情谊在的。

蒋方舟：这就和我们给人送礼物一样，我们可以上网查，送女生什么她一定喜欢。但是送书是一件让人感到非常忐忑、非常冒险的事，因为它很私人，我送给你一本书，你可能喜欢，可能不喜欢。如果你恰好喜欢，就非常难得。

止　庵：那就是遇到了知音。

陈晓楠：这份因书而起的奇缘绵延了二十年，但是两人一直都没有见面，有好几次海莲差点就去了英国，但因为各种各样的原因又错失。直到她收到一封她感觉有些异样的信，那封信告知她，弗兰克去世了。这封信的最后一句话写道：你还要我们再为你找诗、找书吗？你们看到这一幕是什么感受？

止　庵：虽说年龄大了，但这本书确实是能让人流泪。它其实是很平静的叙述，但它意味着一个终结，你回过头去看，就会觉得前面的那些美好跟着一起消失了，这是个特别大的打击。弗兰克的死，促使海莲后来把这些书信结集出版，这改变了海莲的命运。如果说没有这本书，海莲现在可能就是默默无闻的一个人。

陈晓楠：而且她正是因为出了这本书，才踏上了去往英国的旅程。

止　庵：但是她来到英国后，那家书店已经不存在了，这让人感到很难过。因为你觉得它很美好，希望它能够不断地延续下去，可你也知道它有一天一定会终结。当这份终结到来之时，你就感觉关上了一道门，门里关着一份很美好的东西。但我不赞同这个东西是爱情，我不认为海莲跟弗兰克之间有什么爱情。它就是两个人之间特别纯粹特别真的一种感情，这种感情现在在我们的生活中很少见了。爱情电光石火，一闪就没有了，但它不是的。

陈晓楠：它其实是一种更宽广的感情。后来海莲收到了弗兰克夫人的来信，弗兰克夫人在信中说，我其实有一点点嫉妒你。但我觉得她说的嫉妒不是爱情里的那种嫉妒，从弗兰克夫人的角度来看的话，她会想，为什么每次他看你的来信都那么津津有味呢？我觉得她的嫉妒来自这里，她好奇，她纳闷。

读书是一种性价比最高的生活方式

陈晓楠：海莲有一段话，她说，书是一种有价值的东西，但它的价格也就相当于几张电影票。那么我们要如何来衡量一本书是否真的有价值呢？或者说，我们如何去寻找一本有价值的书？

止　庵：我想到一句话——书欲精进，忘记故我，艺者，孤也，偏也，不从众也。

蒋方舟：到现在，我依然很坚定地认为，读书是一种性价比最高的生活方式。这就跟我去国外的时候逛博物馆的感觉一样，我觉得逛博物馆也是一种性价比很高的生活方式。因为你不仅可以吹冷气，更可以看到人类艺术的结晶，享受这一切，你只需要花上不多的钱。所以我觉得看书也是这样，哪怕买到了一本烂书又怎么样？你花 20 块钱、30 块钱，买不了吃亏，买不了上当，对吧？万一你买到之后，发现它是一本好书，给了你启发，那就太值了。现在很多人，买一杯咖啡，买一件衣服，或者去买一个网红产品，都非常舍得。但是对于买一本书，一旦要投入时间和金钱，又会忽然变得很小气，这是特别不合理的一种心理。你买一本出版书，它至少经过了一定的检验，买了它你吃亏和上当的概率是很有限的。而我们一个人的生活经历总是有限的，看一本书，你可以获得他人的经验，一辈子可以活出几辈子的容量。就这个东西，有什么吃亏，又有什么上当的呢？

陈晓楠：可能你花几十块钱，就收获了一个机缘，碰到了一本影响你一生的书。

止　庵：确实存在这种情况，如果没有读到这本书，可能我就不会因此反思自己的人生；如果没有读到这本书，或者没有遇见这个作者，我可能就不是现在的我。你不能否认，有些书真的能改变你的人生，给你指出人生的新方向。在生活中，父母、师长都不一定能完全代替。

蒋方舟：我不读书，我就不是现在的我，其实我也有这样的感觉。我觉得看书带给我最大的改变就是，它会不断地告诉我，这样活也可以。其实我从小是一个很格格不入的小孩，然后我看到了一本描述孤独者或者孤独状态的书，我会惊喜地想，原来我这样活也可以，也没有错。看了《月亮与六便士》，原来我可以当那个不捡六便士的人；看了我们这本《查令十字街 84 号》，原来我跟一个人尽管一直不见面，也可以长久保持一份这样深厚的情感，哪怕它不是爱情。就感觉自己生活的路在不断被拓宽，我看的第一本对我影响最大的书，是三毛的《撒哈拉的故事》。我当时就想，在一个广阔的沙漠里，居然还有那样一个世界。因为我是生活在湖北襄阳的一个姑娘，我生活的环境就是铁路、大院，但那之后我就知道了，原来生活在沙漠也可以的。然而，你周围的环境永远不会告诉你，你的师长、你的长辈只会用他们的经验告诉你，你应该走哪条路，但他们永远不会告诉你，你走别的路也可以，这是只有书才能告诉你的。

陈晓楠：所以说，我们今天的《查令十字街 84 号》是真的唤起了读书人的一种情感，也让我们对海莲和弗兰克的这种奇缘感到艳羡，当然也有点唏嘘。因为这本书，现在有许多人专门去查令十字街 84 号找这家书店，但是很多年前它就不在了，现在是麦当劳。

蒋方舟：但它周围全是书店。

止　庵：《查令十字街 84 号》里边写道，老板也去世了，这个书店就难以为继了。

陈晓楠：但我觉得没关系，你去寻访、去朝圣的这个过程，你是在向美好靠近的。

蒋方舟：每个人都能找到自己的查令十字街 84 号。

止　庵：如果我们读到一本自己感觉特别好的书，其实就是去了一趟查令十字街 84 号。

关正文：有关读书的价值观

伦敦查令十字街 84 号是一个真实存在的地址，那里真的有过一家书店。因为《查令十字街 84 号》这本书，那里成了全世界爱书人打卡的圣地。粗看上去，这本书里的信集像一部有关读书生活的浪漫肥皂剧，剧中人长达几十年的通信，无非是找书、等书、看书。爱书当然是美好的，但如果一本书只是在表现爱书，可能就没什么意思了。

《查令十字街 84 号》之所以是一本好书，是因为它几乎包含了所有有关读书的价值观。

举个例子，这本书里所有懂书的人都有一个强烈的共识：我讨厌新书。只有一个不懂书的女会计傻乎乎地问："新书有什么不好吗？"其实，很多人都会这样问，为什么呢？答案是：你买新书，就像是在买一件没有试穿过的衣服。这么一说，爱美的女会计就懂了，但是很多人还是不懂，因为生活中你能接触到的有关书的信息，绝大多数都是在让你买新书的，及时完成一本流行新书的阅读并转化为谈资，是一种高雅的时尚生活的标配。这当然也是读书，但与懂书人的价值观相去甚远。

再举个例子，不是所有的书都值得尊重。捧着本书在看，这种行为在很多人眼里就是美好的象征，也不管你读的是什么书。但这本书里的主人公海莲就经常破口大骂地摔书，文字佶屈聱牙的会摔，观点浅薄鸡汤的会摔，内容缺斤短两的还是会摔。她希望书店能帮她找到一本什么人的日记，结果收到的竟然是一个洁本。海莲破口大骂：那活色生香的段落都哪儿去了！他老婆拿拨火棍打他的那一段哪儿去了！你选编一本书是要给你老妈看的吗？骂得太痛快了。你不能跟真爱读书的人收智商税，也不能老想着教育他们。因为他们有自己好坏香臭的标准，只跟他们认为的好书神交。这个世界上有太多烂书，读烂书还不如不读书，因为烂书会让人更傻。

这是一本关于读书价值观的微型百科全书。今天很多人都在讨论，电子书会不会取代纸质书？对不懂书的人来讲，这就不是个问题。这还用说吗？电子书注定会取代纸质书，就跟数字媒体已经取代了纸媒一样。对于懂书的人来说这才是个问题：书是用来抚摸的。如果都数字化了，摸什么呢？书有封面，有纸张，有存放多年的香气，有前任留下的信息。海莲爱买旧书，她等的就是此前那些捧读过这本书的人留下的点滴墨迹。与冥冥之中的另一个人共读，这可比两个人在同一间屋子里同时看两本书的场景美好多了。

我见过假装爱书的人，阅读量极大，却依然是个白痴。

一本好书

第八本书

×

万历十五年

遏止了法制的成长发育，
而以抽象的道德代替了法律。
上自官僚下至村民，
其判断是非的标准是“善”和“恶”，
而不是“合法”或“非法”。

《万历十五年》，英译本为《1587，无关紧要的一年》。问世后风行数十年，英译本被美国多所大学采用作为教科书，并两次获得美国国家图书奖历史类好书奖提名。《万历十五年》从 1982 年问世以来，累积销售量已经超过百万册，被《新周刊》评选为对中国影响最大的二十本书之一。

明神宗万历皇帝，名叫朱翊钧。十岁登基，在位四十八年，是明朝在位时间最长的皇帝，但后世对他的评价却充满争议。他既是万历中兴的当事人，又是长期懒政的任性皇帝。是什么原因让他的一生如此纠结？如果退去王朝的背景，我们又将看到他怎样的一种人生景象呢？《万历十五年》的作者黄仁宇由这一年的视角进入历史，通过一位皇帝和五位名臣的故事，发现了日后掀起巨大波澜的机缘，折射出 16 世纪中国社会的完整面貌。

一本好书 精彩书摘

万历登极之初，就以他高贵的仪表给了臣僚们深刻的印象。他的声音发自丹田，深沉有力，并有余音袅袅。从各种迹象看来，他确实是一个早熟的君主。他自己说过他在五岁时就能够读书，按中国旧时的计算方法，那时他的实足年龄仅在三岁至四岁之间。尽管如此，在他御宇之初，由于年龄太小，临朝时还需要在衣袖里抽出一张别人事先为他书写好的纸片，边看边答复各个官员的呈奏请示。他自然不能完全明白纸片上所写答语的含义，而只是一个尚未成年的儿童在简单地履行皇帝的职责。

他既为皇帝，在他的世界里没有人和他平等。在两位皇太后之外，他所需要尊敬的人只有两个：一个是张居正张先生，另一个是“大伴”冯保。这种观念，不消说是来自皇太后那里。张、冯两人结合在一起，对今后的政治形势产生了相当深远的影响。这一点，自然也不是当时不满十岁的万历皇帝所能理解的。

张居正似乎永远是智慧的象征。他眉目轩朗，长须，而且注意修饰，袍服每天都像崭新的一样折痕分明。他的心智也完全和仪表相一致。他不开口则已，一开口就能揭出事情的要害，言辞简短准确，使人无可置疑，颇合于中国古语所谓“夫人不言，言必有中”。

万历和他的两位母亲对张居正有特殊的尊重，并称之为“元辅张先生”，其原因说来话长。在隆庆皇帝去世的时候，高拱是当时的“首揆”，即首席内阁大学士。高拱自以为是先皇的元老重臣，不把新皇帝放在眼里。新皇帝有事派人询问高拱的意见，他竟敢肆无忌惮地对使者说：“你自称奉了圣旨，我说这是一个不满十岁的小孩的话。你难道能让我相信他真能管理天下大事吗？”在他的眼里，天子不过是小孩子，太后不过是妇道人家，这种狂妄跋扈是和人臣的身份绝不能相容的。幸而上天保佑，还有忠臣张居正在，他立即献上奇计，建议采取断然措施解决高拱。1572 年夏，有一天百官奉召在宫门前集合。一个宦官手执黄纸文书，这是两位太后的懿旨，也是新皇帝的圣旨。黄纸文书一经宣读完毕，跪在前列的高拱不禁神色大变。他已经被褫去官衔职位，并被勒令即日出京，遣返原籍。按照惯例，他从此就在原籍地方官的监视之下，终身不得离境。张居正在艰危之际保障了皇室的安全，建立了如此的殊勋，其取高拱而代之自属理所当然。

除了首揆以外，张居正又兼管万历的教育事务。小皇帝的五个主讲经史的老师、两个教书法的老师和一个侍读，都是他一手任命的。他还编订了讲章作为万历的教科书，有机会还亲自讲授。

万历皇帝学习的地方是文华殿。1572 年秋天以后，他每天的功课有三项内容：经书、书法、历史。学习完经书以后，授课老师可以到休息室小憩，但皇帝本人却并不能那么清闲。这时候就出现了大伴冯保和其他宦官，他们把当天臣僚上奏的本章进呈御览。这些本章已经由各位大学士看过，用墨笔做了“票拟”。在冯保和其他宦官的协助下，皇帝用朱笔做出批示。

中午功课完毕，小皇帝在文华殿进午餐。下半天的大部分时间都可以自由支配，不过他仍然被嘱咐要复习功课，练习书法，默记经史。小皇帝对这种嘱咐丝毫不敢忽视，因为第二天必须背诵今天为他所讲授的经书和历史。如果准备充分，背书如银瓶泻水，张先生就会颂扬天子的圣明；但如果背得结结巴巴或者读出别字，张先生也立即会拿出严师的身份加以质问，使他无地自容。

在1578年大婚之前，万历和慈圣太后同住在乾清宫。太后对皇帝能否克尽厥职和勤奋学习均极为关怀，皇帝的其他行动也经常得到她的指导。至于冯保，当万历还是皇子的时候就是他的伴侣，提携捧抱，兢兢业业地细心照护，所以后来才被称为“大伴”。到这时候，冯保已经擢升为司礼监太监，也就是宫内职位最高的宦官。他经常向慈圣太后报告宫内外，包括皇帝本人的各种情况，慈圣因此而能耳目灵通，万历却因此而渐生畏惧。慈圣太后教子极为严格，如果大伴做出对皇帝不利的报告，太后一怒之下，皇帝就会受到长跪的处罚，有时竟可达几个小时之久。

在这样严厉的督导之下，万历的学习不断取得进步。他被教导说，做皇帝的最为重要的任务是敬天法祖，也就是敬重天道，效法祖宗。这种谆谆的教导在万历身上起到的作用很快就为一件事情所证明。当他登极还不满四个月，有客星出于阁道旁，其大如盏，光芒烛地。这颗被今天的天文学家称为Supernova或Anno1572的出现，在当时被人们看成是上天将要降灾的警告。按照张先生的教导，万历赶紧检讨自己的思想、语言和行动，加以改正，以期消除天心的不快。这次“星变”延续了两年之久，皇帝的“修省”也就相应地历时两年，并且在今后相当长的时间内，他不得不注意节俭，勤勉诚恳地处理政务和待人接物，力求通过自己的努力化凶为吉。

学习的进步更加突出地体现在书法上。慈圣太后和大伴冯保都是书法爱好者，他们对皇帝在这方面的进步时时加以鼓励。万历年方十岁，就能书写径尺以上的大字。有一次，他让张居正和其他大学士观看他秉笔挥毫，写完以后就赏赐给了这些大臣。张居正谢恩领受，但在第二天他就启奏皇帝：陛下的书法已经取得很大的成就，现在已经不宜在这上面花费过多的精力，因为书法总是末节小技。自古以来的圣君明主以德行治理天下，艺术的精湛对苍生并无补益。像汉成帝、梁元帝、陈后主、隋炀帝和宋徽宗、宁宗，他们都是大音乐家、画家、诗人和词人，只因为他们沉湎在艺术之中，以致朝政不修，有的还身受亡国的惨祸。对于这忠心耿耿的进谏，小皇帝自然只能听从。在 1578 年之后，他的日课之中就取消了书法而只留下了经史。

物力的节约也在宫内开始。过去一个世纪，每逢正月十五上元佳节，各宫院都有鳌山烟火和新样宫灯，辉煌如同白昼。在张居正的提议之下，这一铺张浪费的项目遂被废止。万历曾想为他母亲修理装潢宫室以表示孝思，张居正却认为各宫院已经十分富丽完美，无须再加修饰。他又针对万历关心宫内妇女喜欢珠玉玩好一事，指出为人主者，应当随时注意天下臣民的衣食，至于珠玉玩好，饥不能食，寒不能衣，不值得陛下亲垂关注。

和以前的各个朝代相比，本朝的宫廷开支最为浩大。紫禁城占地四分之三方里，各个宫殿上盖琉璃瓦，前后左右有无数的朱门和回廊，宫殿下面的台阶都用汉白玉石砌筑，真是极尽豪华。皇城环绕紫禁城，占地六平方公里有余。皇城内有驰道和人工开凿的湖泊，以备驰马划船和其他游览之用。建筑物除去皇家别墅之外，还有寺院、高级宦官的住宅。为皇室服务的机构，例如烤饼坊、造酒坊、甜食坊、兵胄坊、马房以至印书藏书的厂库也都集中在这里，使皇室所需的百物，都不必假手于外。各个厂库、寺庙、坊舍均由专任的宦官掌握，共有二十四个机构，习称二十四监。到万历初年，宦官的总数已逾二万，而且还在不断膨胀。最高级的宦官，地位可与最高级的文武官员相埒。宫女的数字，至少也在三千以上。为这些人的死亡所准备的棺木，一次即达二千口之多。

从本朝创业之君开始，就形成了如下的一种观念，即普天之下，莫非王土，不需要有专门的皇室庄园的收入，以供宫廷开支之用。宫廷所需的物品，来自全国税收中划出来的一大部分实物，包括木材、金属等各种原料，也包括绸缎、瓷器等制成品。皇家的开支可以不受限制，官员们却只能在极度节俭的原则下生活，更不必说这些宦官宫女。所以，本朝的官员、宦官的法定薪给都十分微薄。

摘自中华书局《万历十五年》

【作者简介】

黄仁宇，美籍华人，教授、学者。1936年，黄仁宇考入南开大学理学院电机工程系，抗日战争爆发后，他辍学参军。自成都中央军校毕业后，其任陆军第14师排长及代理连长，后加入驻印远征军，任新一军上尉参谋。1946年赴美求学，获密歇根大学历史学博士学位，师从余英时。

黄仁宇以历史学家、中国历史明史专家、大历史观的倡导者而为世人所知。余英时评价他为史学界的一位“奇侠”式的学者。著有《万历十五年》《中国大历史》《汴京残梦》等畅销书。

《万历十五年》是黄仁宇的成名之作，也是他的代表作之一。首次以“大历史观”分析明代社会之症结，观察现代中国之来路。

一本好书 剧场

【角色】

老年万历：王劲松

青年万历：邵子宸

少年万历：吴明轩

张居正：黄鹏

申时行：阴珉

是皇帝，也是个孩子

老年万历回首自己的一生，就像是讲述别人的故事。

五岁读书，十岁就当了皇帝。十岁能干什么呢？还不是天天读书罢了。皇帝的老师叫张居正，后世心中的一代名臣。没有几个人能给皇帝当老师，就像没有人天生不想做一个好皇帝。

经史子集，隆冬酷暑，从不间断。要批阅奏折，但更多的只是朱笔抄写大学士票拟好的草稿，因为这是祖上的规矩。

因为是皇帝，所以天然就必须是道德标准最高的完美象征，要接受批评也要背负天下，就像不下雨是他的错，下雨多了也是他的错。

很多时候，甚至连他自己都忘了，这个要让天下所有人都满意的神一样的孩子，也只是个孩子。

精神偶像的幻灭

张居正作为老师和肱股之臣辅佐万历皇帝的十年，是最好的时光，也是最坏的时光。他推行考成法和一条鞭法，既考核官员的功绩，也解决了一个国家的收入，万历中兴，是他的功劳。所以万历对他全然信任，没有一丝的猜疑。直到张居正死后，百官揭发，查到他家里，才发现堆积成山的财富。

这对于万历而言绝不仅仅是一个贪官的揭发和惩处，无疑是一场自年少而起的精神偶像的幻灭。怎么可以是张居正，怎么能是张居正！

但历史的风云诡谲就在于哪有那么清晰的忠奸善恶。明朝庞大的文官集团并不会像人们理想中的士大夫集团一样，和衷共济，人人皆是道德楷模。相对整个体制的力量而言，个人的力量过于微小，为了寻求安全感，他们必须结成一些集团，谋取共同的利益。所以，身为时代巨轮中的一环，他们有贪婪，有欲望，有野心，也有苦恼和无奈。就像这本书透视历史的视角，很多微妙的临界点往往就在一线之间。

皇帝也有爱情吗？

皇帝也有爱情吗？当然。

郑妃不是最漂亮的，也不是最乖顺的，但她出现在最恰当的时候，也就是万历最低落，意识到自己不过是个傀儡或者象征的时候。所以，谁说时机不重要？

历史上对郑妃的评价大多是负面，当时的朝臣也对其参奏不断，但是《万历十五年》会让你看到万历和郑妃之间一种特别特殊甚至可以说相互依存的关系。郑妃在某种意义上，真的把皇帝当成有血有肉的人，也真的在他低落的时候承担了一个妻子的角色。

为此万历做了自己身为皇帝最大的坚持，想立郑妃的儿子为太子，也就是万历后期波澜最大的立储抗争。毫无疑问，最后他没能成功，并且百年之后，郑妃也未能入定陵。陪在他身边的依然是他不喜欢的王皇后。

不上朝需要理由吗？

万历绝不是明朝第一个不上朝的皇帝，但他却是坚持时间最长的一个。

因为从某种意义上讲，皇帝实际上已经不是国事的处置者，而是处置国事的一个权威性的象征。明朝历史多年发展，文官已经形成了一种强大的力量，强迫坐在宝座上的皇帝在处理政务时也必须摒弃他个人的意志。名义上他为天子，实际上他同样受制于廷臣。

他能拿主意吗？他还拿得定主意吗？但问题的关键恰恰在于万历到后期已经不拿主意了。不上朝就是他的一个抗争。既然没办法完全如愿，倒不如撒手不管，看你们怎么办。但偏偏是，即使撒手不管，因为一套成熟的运行机制，时代的车轮好像自己就可以向前跑。这也恰恰加重了这个抗争的无力和无奈。

这场游戏没有赢家

《万历十五年》非常有意思的地方就在于，黄仁宇把一个皇帝的人物形象活脱脱地拉得非常近，仿佛就站在我们面前。他并没有选择写一个大世界或者大制度。很多时候他写的恰恰是无论皇帝还是朝臣在时代大车轮之下的那种无奈和无力。

每一个人在这里面都有一种巨大的无力感，所以有人说这部书写的是一部心态史，或者说是一段历史枷锁中的群像，在一定意义上，他们都失败过，但也都和命运抗争过。这场游戏没有赢家。

毕竟，哪一个时代又能跳出其外呢？

一本好书 **名家解读**

朱大可：明朝的政治制度下，君臣是一个利益共同体。

陈晓楠：万历十五年的历史其实是一部“无奈史”。

止　庵：读这本历史书，我们看的是人和人心。

明朝皇帝的教育跟其他朝代都不一样

陈晓楠：《万历十五年》这本书 1982 年在大陆发行，当时一下子非常风靡，很多人认为它影响深远。它对历史的叙述的方式，包括它选择万历十五年这样一个节点非常新颖，俯瞰了整个明朝的兴衰。

黄仁宇的《万历十五年》和其他历史著作有很多跳脱不一样的地方。首先这个题目《万历十五年》，据说它的原名是叫《1587，无关紧要的一年》。他特地写了这一年，看起来四海升平，没有什么大事情发生。整个万历的年号也是一个比较平庸的年号，没有什么特别大的事情发生。但是慢慢地你就会看到，在四海升平之下，后面很多大事的因缘都和这一年是相关的。

朱大可：明朝是一个非常特殊的朝代，宋被元代替以后，它在本质上是对宋、对汉武文明的一种复兴。由于这种复兴，且开国皇帝又是草寇出身，所以它比其他历朝都更注重道德文章。就拿老师教皇帝来说，那种严苛的教育表明了当时的那些文官包括老百姓，对皇帝的道德、完美性的期望值非常高。

止　庵：明朝皇帝的教育跟其他朝代都不一样。因为开国皇帝朱元璋是草寇出身，没有什么文化，所以他特别注重对自己的教育，此后明朝的皇帝对自己的教育和对下一代教育也非常重视。这里面其实有一个转折点，是在正统皇帝这里，他的父亲就是宣德皇帝。宣德皇帝颁了诏书说太子要准备接受教育了，结果老皇帝死了，太子就成为皇帝，所以正统皇帝是还没受教育就当了皇帝，他的教育也就成了一个特别大的事儿。此后对皇帝的教育就有了一套制度。其实万历是扮演了一个被教育的皇帝的角色，他这个被教育的情况在他的前几任皇帝身上也同样发生过。

陈晓楠：前几任皇帝虽然都是被教育的，但是他们不同的特点导致他们的命运也不一样吧？

止　庵：特别不一样，万历是一个愿意被教育的人。他前边的皇帝，特别是明武宗正德皇帝，他是坚决拒绝这个教育的。当时很多太监，尤其是后来得势的，都是因为当年帮正德皇帝逃学。相比之下万历就是一个愿意接受教育的人。另外一方面说，张居正也扮演了一个很好的教育者的角色。并不是说张居正跟其他教育者不一样，而是张居正恪尽职守地把这个教育工作完成了。

陈晓楠：正德皇帝是比较放飞自我的，是吧？

止　庵：正德是一个非常荒唐的皇帝，不仅拒绝教育，他甚至拒绝皇帝这个角色。他喜欢打仗，也不想在皇宫里住，他在皇宫外边另盖了一个居所叫“豹房”，专门在那儿住。他还给自己封了一个官，叫威武大将军朱寿，朱寿就是他本人。后来他又封自己为振国公，又封自己为太师，太师的官位在百官之上。他还用朱寿的名义去打仗，身先士卒，他亲手杀过人，是属于比较叛逆的。

朱大可：明朝的皇帝都特别怪异。比如明熹宗，著名的木匠。他就成天做发明，倒是一个很好的中国匠人精神传承者。

陈晓楠：还有炼丹求术的是吧？

止　庵：这个就是万历皇帝的爷爷，嘉靖皇帝，嘉靖皇帝在后半生主要的事情就是炼丹、长生。所以明朝的皇帝像万历这样的，不是说没有，前边有，但是是比较少的。他愿意接受教育，认真地接受教育，张居正也给他这个教育，这应该说是一个规矩。

“万历之治”的背后

陈晓楠：张居正对万历的期望，以及他所做出的这些举措，对当时的国家，对万历产生了什么样的影响？

止　庵：当时的这段历史一般叫作“万历之治”。其实这个“万历之治”指的就是张居正当政时期，这些事儿就是张居正做的。当时万历非常相信他，太后也非常相信他，更大的一个原因是有一个叫冯保的角色。明朝的情况跟其他朝代都不一样，因为朱元璋连着杀了三个宰相，以后就不设宰相这个职了，改成叫内阁，内阁实际上是一个咨询机构，不是权力机构，内阁里面为首的叫首辅。张居正就是首辅,他本身没有权力，他的权力要通过一个机制实施，这个机制就使他必须跟一个太监联合起来。好官员配好太监，如张居正跟冯保，就是好政治；后来有的坏官员配坏太监，就是坏政治。而这种机制就是明朝的票拟制度。

陈晓楠：老师能否帮我们解读一下什么叫票拟制度呢?

止　庵：大臣们写了奏折，内阁没有决定权，他只能给皇帝写一个草稿，这个叫票拟。这个票拟拿到皇帝那儿，皇帝基本上是照着来抄。但是明朝的皇帝绝大部分，包括万历在内，抄几份就不抄了，所以有一个秉笔太监也就是冯保，替皇帝用朱笔来抄。最后导致一个太监外加一个首辅，他们俩只要联系得非常好，整个朝政就归他们定。

陈晓楠：这个票拟，你不想这么抄还不行?

止　庵：不抄还不行。这个规矩都是这么立的，也不是张居正立的。你如果不按这抄就说明他草拟的这东西有错，错了他就得承担责任，就得辞职，所以整个体制就有问题。

陈晓楠：而且这还不是说只是因为万历年纪还小不能当政。

止　庵：皇帝大了也这么办，越大的皇帝越不爱写，不愿意写就托太监写，所以明朝的太监权力特别大，就是因为这个机制。

精神偶像的崩塌与幻灭

陈晓楠：怎么评价张居正这个人呢？“万历之治”其实是张居正之治，他确实做了非常多有效的治理，然而他又让万历很幻灭，我们怎么理解当中的复杂性？

朱大可：这就是人格的复杂性，在中国历史上是非常典型的。他一方面讲道德文章，代表当时儒家士大夫的道德理想，他也在身体力行，试图培养出符合儒家道德标准的皇帝，希望整个朝廷都按照这样一个规范来运行，那么这个国家是健康的，是能长治久安的；但另一方面，人是有欲望的，这种欲望到后来连皇帝都非常惊讶，家里面家财万贯，私藏这么多美女。实际上，这里面有一个外部原因就是明朝在朱元璋执政的时候，人口只有2000多万，但到了万历时期已经快超过9000万了。这是一个巨大的变化，从农业文明的角度来讲，整个生产能力复兴得非常快。可以想象,整个社会物质丰富以后，点燃了欲望，那种欲望蓬勃生长，肯定会对朝官、对宫廷产生非常深远的影响，这些文官难道就不会受市场变化的影响吗？他们的欲望也一定被点燃了。所以表面上道德文章还在做，但是背后就暗流涌动。

陈晓楠：张居正虽然寿终正寝，但他背后的事，或者发现这些事对万历来讲，是他人生中一个幻灭的节点吗？

止　庵：其实平心而论，就张居正的家产而言，明朝像他这样的，也不是就他一个人。他肯定不是最贪的，但他是一个好人，他是一个大家公认的道德楷模，他在万历心目中也是一个道德楷模，等于说这个人不应该这样。黄仁宇也写道，当时明朝的官员收入很低，必须得有别的收入，都这么做，但是关键在于万历对张居正太信任甚至太崇敬了，那么在这个偶像崩塌之后，就成为他的一个反弹。反弹之后以至于张居正说的什么他都不相信了。张居正虽然是善终，但张居正家属的下场比明朝很多大贪官的下场还要惨。而且后来万历一朝就不许提张居正这个名字，那么张居正是被谁平反的呢？

陈晓楠：历史都是很吊诡的。

止　庵：张居正的贡献简单说就两个，一个叫考成法，一个叫一条鞭法。一个是把官员的功绩加以考核，一个是解决国家的收入问题。张居正可以说是明朝后期唯一一个真的有所作为的人，但是万历因为这种逆反心理，把张居正所有的功绩都抹去了，甚至连张居正所有的改革措施也都叫停了。所以，我觉得他给万历造成的是心理上的阴影，而这个阴影伴随了他一生。

朱大可：这个是张居正咎由自取。他既然给皇帝塑造了一个极高的道德标准，同时也试图在皇帝面前把自己塑造成一个完美的文官，那他一旦犯了错误，皇帝一定会对他失望。假如他一开始暴露出某些弱点，比如贪财，比如还有些对情色的贪恋诸如此类，皇帝最后也不至于如此幻灭，对他下如此狠手。

被塑造成神的痛苦

陈晓楠：万历皇帝五岁开始读书，十岁当皇帝，他所受的教育和被塑造的过程当中，和他的孩子天性是不是有很多冲突的地方？比如他很喜欢书法，张居正说这东西没用，你写这么好没用。书里也讲了，万历说我得当一个神的，最后自己叫神宗，但他始终觉得我被塑造成一个神很痛苦，这个应该怎么解读？

止　庵：其实这个事也不是张居正定的，张居正都是按照规矩办事。明朝的皇帝是有两面的，一面就是说他确实受到很多很多限制，另一面如果皇帝想用这个权力，它也可以很大。万历就是在这么一个情况下，他深深地感觉自己没有权力，可是等到他该用权力的时候，他又不知道怎么用。他就是在这样的两面夹击下生存的一个皇帝。

陈晓楠：不说张居正，整个明朝当时的理念、里面的体制也是希望皇帝就是一个类似神的，绝对道德高标的这样一个角色吧？

朱大可：那当然，他是天子。从汉朝或者更早就是这样，因为中国的皇帝是天意的体现，天意体现在他身上，所谓承天，但这个东西是由百姓的反应来验证的。如果天下人都骂你，那你这个天意可能就没了，这个朝代就终结了。作为一个天意的体现者，他本身不是神，但是他在某些方面必须得做到一种表率，他必须得在臣子面前扮演一个最高仲裁者的角色。我觉得万历的情况跟他前面两代皇帝，像是正德皇帝的胡作非为，就有非常大的关系，就因为有这个前车之鉴，把他约束得更紧了。

陈晓楠：不能再出现一个放飞自我的皇帝。

朱大可：因为有这么一个前车之鉴，张居正也是一个对历史有所考虑和观察的人。说到这个事情，其实不仅涉及万历跟张居正的关系，还有张居正跟群臣的关系。张居正因为大权在握，确实有点独断，导致所有人都反他，在他活着的时候就已经有很多人上书。张居正死了之后，如果没有群臣去揭发他，万历也不会对他这么狠。张居正其实是一个非常严苛的人，他的严苛是因为明朝到了这个时候不能不这么做。明朝最大的问题就是官员的功绩无法体现，到底是怠工还是勤工无法判断；再有一方面就是钱收不上来，没有钱。他把这俩事儿解决了，后来明朝能延续这么多年，很大原因跟张居正有关。他让朝廷、国家变得有钱了，但是在这一过程中得罪了很多人。他活着的时候有皇帝保护，他一死大家都说他不好。皇帝当时并没有一个很清楚的判断力，判断他这个人不好，但是他做的事儿是好的，或者说人也没有那么不好，而是直接全盘否定，所以就出现了这个情况。

皇帝和文官的博弈与依存

陈晓楠：万历在张居正死后，有过很短暂的一段窗口期，觉得自己可以励精图治，然而迅速发现，他好像并没有真的拥有当政的权力。

止　庵：万历在张居正死后真正的作为就是废除了张居正的所有作为，张居正考成法、一条鞭法都被撤销了。在张居正的事彻底结束之后，到万历的第三个孩子，也就是郑贵妃生的儿子福王朱常洵出生中间有一个短暂的时期，是一个万历可以有所作为的机会，他也确实想有所作为，比如祭天，他投入了好大的精力，但是现在看起来是对后世没有什么实际意义的作为，不过确实有那么一段小小的时期。

陈晓楠：离开了张居正的万历到底是一个怎样的皇帝呢？

朱大可：他是个平庸的皇帝。其实平庸并不要紧，如果说朝臣和皇帝，以及整个后宫能达成一个平衡的话，他这样无疑就很好。其实每一个朝代都是这样，尤其是汉代，在汉武帝之前已经治理得非常好了，因此到武帝时期就可以穷奢极欲胡来了，因为他有资本可以胡来。明朝到了万历这个时期让民间自然发展是可以的，所以我认为平庸没有什么太大的问题。就像水稻，在江南已经达到三季稻的程度，亩产600多斤是很正常的，600多斤养活那一族的民众是没问题的，只是税收多少的问题，如果税收上定的标准比较合理，那么这个政府和民间的关系就会变得非常和谐，经济动力会持续向前推进，皇帝实际上就可以高枕无忧了。

陈晓楠：万历在张居正死后，发现他自己并没有掌握更多的权力，他和群臣之间到底是一个什么样的关系？以至于后来他都不上朝了？

止　庵：这又涉及明朝一个特殊的政治制度，关于明朝的言官，也就是御史。这些御史特别有表达自己批评意见的欲望，即使因为这种表达而受到惩罚，有的可能命都丢了也没关系——他们取得了一个道义上的制高点，名留史册。这对文官来讲是最高的目标，所以很多文官就是故意挑你的毛病，其实张居正的问题有很多是被别人挑了毛病。在万历没有张居正之后，他本身就不断地被批评，包括他不上朝、他和郑贵妃的关系、他在立储这件事上的态度。其实万历一生真正干的事情就两件，一个是修定陵，一个是立储。修定陵是干成了，但是立储的事他一生也没干成。这件事一直没按照他的意愿来办，结果导致他以后就不上朝了。

陈晓楠：历史上说他四十八年职业生涯，三十年不上朝，是最消极怠工的皇帝。他上朝的意义是什么？他不上朝带来的一系列后果是什么？

止　庵：在明朝，皇帝不上朝不是从他开始的，他只是时间最长的。正德皇帝不仅不上朝，他根本不在朝廷里待着，他在外面打仗，所以需要把奏书给他寄到他在的地方，而且他也很少批复。万历皇帝不上朝是因为前面有这个先例，但是万历皇帝不上朝的时间很长，这是一个原因；第二点就是，明朝皇帝不上朝并不特别影响政治的推行，因为明朝有一套规矩，就比如票拟制度，百官的奏折是由首辅来写票然后给到皇帝的，皇帝其实只批一两个、两三个，剩下的都是秉笔太监来批，所以只要这套制度存在，他就可以不上朝。

陈晓楠：那他可不可以有一些想法去改变？比如去挑战一下票拟制

度，或者是他觉得现在的这个言官制度约束了他，他有他自己的想法。

朱大可：我认为他没有这个勇气，他的消极就是因为他的个性也比较懦弱，另一方面就是文官太强大了。明朝的文官有敢于赴死的精神，有一种为了博得一世的英名赴汤蹈火的勇气。《万历十五年》里也讲到了皇帝和文官这种互相博弈、互相依存的关系，那是一种非常有趣的辩证关系。

抱团取暖的爱情

陈晓楠：万历彻底不上朝是因为他人生中最重大的一次抗争，也就是立储风波。在讲立储风波之前，我们先得讲讲他和郑妃的爱情。据说郑妃并不是最美貌的，那么她是怎么在众多妃子当中和万历产生了终生不渝的爱情？

止　庵：郑妃在历史上其实负面记载更多，但是黄仁宇独具慧眼，他看出万历跟郑妃之间有一种特殊的，可以说是相互依存、依恋的关系。

陈晓楠：她是在万历最低落，意识到自己不过是个傀儡或者象征而退回宫中的时候出现的。

止　庵：过去后妃对皇帝都是百依百顺，可能连头都不敢抬，而郑妃是一个性情中人，她可以跟皇帝开玩笑，还给皇帝起外号，皇帝还就喜欢这事儿。除此之外，万历和郑妃的关系里有一个因素，就是她有儿子，如果郑妃没有这个儿子，我很怀疑这个爱情是不是能够长久。

陈晓楠：就是让万历有了郑妃是自己人的这种感觉。

止 庵：对，所以万历喜欢这个母亲，兼着喜欢这个孩子。

陈晓楠：黄仁宇写道，大部分妃子对万历都是毕恭毕敬的，但其实在心理上和他是有距离的，反倒是像郑妃这样，偶尔调笑一下，但是肯定她也懂他，可以给他慰藉。可能她是真正承担了在万历低落时一个妻子的角色吧？

朱大可：所谓皇帝都自称寡人，什么叫寡人，极度孤独。所有人无论是阿谀奉承也好，无限敬畏也好，其实都是跟他远离的。他需要一个能够在精神和肉体上都跟他接近并且能够抱团取暖的人，一个女人，恰恰是他的这个妃子扮演了这个角色。当然也有她性格方面的原因，她的那种开朗，那种肆无忌惮，恰恰击中了万历，她把万历当作一个人，而不是一个神。

陈晓楠：所以真正的历史有特别多的意想不到。一个皇帝，我们觉得他是完全的大权在握，但其实很多时候他只是一个权力的象征，受到极大的约束，甚至有一种被囚禁的感觉，他的内心可能是极度孤独的吧？

止 庵：对。

陈晓楠：他和郑妃到最后也没有如他所愿，这个爱情也没有得到善终是吧？

止 庵：爱情应该说还可以。

群臣对运作体系的共识

陈晓楠：万历十五年实际上是万历整个人生中一个巨大的分水岭。但对于一个皇帝来说，为什么不能按照自己的意愿，立自己喜欢的儿子当太子呢？

朱大可：我觉得这是因为他老师张居正在他童年时给他刻上了这些规矩。这些规矩是刻到他骨头里去的，使得他没有力量来反抗这些规矩。假如说他没有受过这些教育，他很有可能成为一个叛逆的皇帝。而恰恰是因为张居正对他的塑造，导致了这样一个必然的结果。朝官按照自己的意愿，按照儒家的政治道德来塑造皇帝，而皇帝要反抗。书中最后这句话非常有意思，"在这场博弈当中没有赢家，他们都失败了"，而这个失败最终导致了整个明朝的覆灭。

陈晓楠：如果他当时非要立喜欢的这个儿子当太子，那会怎么样？

止　庵：其实如果他硬要这么做，也不是完全不可以。这可能涉及万历这个人的性格，这是一个方面；第二个方面就是在所有的君臣之争、臣臣之争里，有一个道德，有一个规矩在。这个规矩是整个制度得以维系和稳步前行的一个保障。如果这个规矩坏了，可能就都坏了。

陈晓楠：说规矩也好，说道义也好，或者说这个制度里面的群臣对这种运作体系的共识也好，其实是很难撼动的。大家都绑在这个车轮上，涉及每个人的利益。如果你打破了这个共识，很多人的利益和安全都会受到威胁。

止　庵：大家都是在一个规矩里活，如果这个规矩坏了之后，大家就全都没有立足之地了。

朱大可：对，这实际上是一个利益共同体。这个共同体里的每个人有自己的角色，如果你违背了自己的角色，整条船都会有危机。它既是一个道德共同体，又是一个利益共同体，又是一个权力共同体，这里面是非常复杂的一个结构，这种结构决定了每一个人都是无力的。

陈晓楠：万历皇帝其实只是绑在这个大车轮上的一员，不是说他让这个车轮往哪儿走就能往哪儿走的。

紫禁城里的囚徒

陈晓楠：我很惊讶的是，万历不仅三十年没有上朝，他这三十年几乎没有离开紫禁城。就像一个囚徒，囚禁在紫禁城里面。就他的命运，你们怎么看？

止　庵：这个不出紫禁城前面也有先例，万历的父亲和爷爷。他爷爷一辈子就去了他们老家一趟，他父亲也一直没出去过。所以说，在明朝万历身上发生的事，其实在他前边都发生过。

陈晓楠：这个车轮早就是这样滚的。

止　庵：就这么滚了。只不过越到后来，言官的表达就越尖锐，越直接。

陈晓楠：约束也越大。

止　庵：这些明朝的皇帝中，万历应该是年代最长，但实际上是活得最惨、最苦的一个。

陈晓楠：所以这本书专门选了这样一个很平庸的皇帝来写，恰恰能证明这是一段“无奈史”。

这段历史的大车轮上好几个点上的群像

陈晓楠：黄仁宇这本书有意思的是，他把这样的一个皇帝的人物形象拉得非常近，仿佛在我们面前。他写的不是大世界，大的制度，也不光是万历一个人的形象。他实际上写的是在这段历史的大车轮上好几个点上的群像。

止　庵：我觉得这本书的好，就是对于这段历史中的人物的理解。这些人的性格是怎么形成的，反过来，因为他们有这样的性格，又对历史起了什么作用？过去我们看历史，看的是事，这本书呢，我们看的是人，而且是人心，是他们内心的一些东西。但是黄仁宇是很严格的，限定在一个非虚构的范围内，他写这些是有史实支撑的。

他关注的点跟我们不一样，他选择了万历十五年这一年入手，就相当于有一扇门，他给我们拉开了。然后这扇门之后，其实有更多的大门。

朱大可：过去的历史讲大事件，所以黄仁宇要一反这种讲大事件的历史，来讲小事，讲细节。《万历十五年》一开始，时间，地点，风景，关于北京城的景色描写，跟小说的路径方式是一模一样的。他改变了以往的历史叙事风格，深度还原了这段历史里的人物以及场景。

关正文：你有绝对的权力，可这照样没用

很多人都说这本书在历史研究著作的撰述体例上是个突破，从一个特定的年份进入，居然可以前拉后扯，关照了一个朝代的兴衰。如果真是这样，那就不过是学术著作在技术上的花招儿。选择这本书，是因为黄仁宇先生在研究和感受历史的方式上的突破，他让我们看到了人，让我们可以从自身的感受出发，进入那些过去的人的生命。

在我看来，《万历十五年》更像是一部文学作品，这不是说黄先生撰述的依据不扎实，而是说他用史料塑造的是一组群像。这组群像中的每个人都相互构成了关系，所以这是一部探讨人与人之间复杂关系如何相互作用的书。我们每个人都生活在与别人的关系之中，黄先生的努力，就让万历和他周围的人，成了我们用自身经验可以看到的人。这样的书读起来，就跟我们密切相关了。

举个例子。现在我们会说，所有人都是活在他人目光里的。你是什么人，不过是在他人眼中所形成的“人设”。万历的人设，从儿童时代起就是张居正按照古代明君的样子定制的。万历自己最初

也愿意，后来发现这个人设的本质是当好凝聚全国眼球的吉祥物，就跟今天英国的女王一样，万历就很不爽。注意，打造人设这种琐碎的事儿，正统史学是不大关心的。但黄仁宇如果止步于此，也不过就是把历史写成了宫斗剧，那就成不了震撼中国四十年的经典了。黄仁宇的高明之处，在于他透过表象的史料，看到了万历所处历史环境的本质。

今天对张居正的评价非常两极化。有人说他是千古第一辅政，有人说他是专权贪腐的罪人。其实无论给古人做出什么样的审查结论，都是后来人的自说自话，跟咱们普通人的读书利益没太大关系。你说张居正不愿意放权伤害了青年万历的玻璃心，黄仁宇接着就写了张居正死后躲着权力走的申时行，宫斗剧的权谋博弈，一点点化成了利益链条纠结的社会结构，化成了全员参与的经济关系，历史的底层逻辑因此显现。改革家张居正解决不了，惩办贪官的张居正也改变不了，滑头的申时行改变不了，一根筋的海瑞还是解决不了。

经济基础决定上层建筑，一切政治、道德、法律的根源全是经济关系，这一真理在中国的普及度最高。但奇怪的是，似乎很少有人真的从这个视角梳理过中国历史的脉络。黄仁宇是研究明朝经济的专家。他看到了万历的无奈是在跟整个明朝体制较劲的无力，而这个庞大的体制背后，是明朝社会经济关系、利益分配格局的无声力量。

黄仁宇没有推测人的动机，他只是写出了人的命运是如何被群体的结构锁定的。你有绝对的权力，也照样没用。

一本好书

第九本书

×

暗算

每个人都是一座孤岛。
你可以解开敌人的密码，
却难以解开人心的密码。

《暗算》是中国当代作家麦家的经典代表作，该作开启了新世纪谍战小说的热潮，并于 2008 年获得第七届茅盾文学奖。这本书主要分为《听风者》《捕风者》《看风者》三部分，作者麦家通过档案柜式的叙事方式和曲折而充满悬念的情节，刻画了一群在国家秘密情报机构工作的无名英雄。他们肩负特殊使命，置身于秘密的最深处，在没有硝烟的战争中与人“厮杀”。

《暗算》中的阿炳、黄依依、韦夫等人，在这个隐秘的领域里能力超群，无出其右，他们靠“暗算”敌人建立功业，可在世俗的生活里，他们却被命运“暗算”得毫无还手之力。

他们伟大、卓越、光芒四射，也卑微、脆弱、暗淡无光。就像每一个在人世间行走的你我一样，强大起来可以顶一片天，脆弱时又能被一根稻草压死。我们因有缺陷而美丽，有时候又葬送于追求自我完美上。在人生这条孤独的长河上，我们如何一边享受成功，一边拥抱缺陷地活着，这是人性深处无法回避的永恒问题。

因为追悼会已经开过，阿炳的历史已经铸就，与其翻案，显然不如将错就错。

这样问题又出来了，就是：既然阿炳是“不慎触电身亡”，我们又怎么能叫他妻子滚蛋？不可能的。

我真的没想到，由于我对阿炳和 701 的私心，以致我们无法对该受罚的人严惩不贷。

这似乎是对我不该有的私心的报复。

不过，这不包括药房的那个山东人，这个浑蛋第二天就像条狗一样被我拉上汽车，丢在了火车站。

因为要确保阿炳死的秘密，当时我们没有对他言明罪名，也不可能言明的。

正因此，他在被我丢在火车站时似乎有些理直气壮地责问我凭什么开除他。

我哪有心思跟他狗日的啰唆？我二话不说，从卫兵腰里一把抽出手枪，推上子弹，指着他鼻子骂道：“我告诉你，如果你敢再放一声屁，老子今天就毙了你！”他狗日的完全给吓坏了，没敢放一个屁，就乖乖地滚蛋了。

后面的事情还是有你想不到的。

是山东人滚蛋后不久的一个晚上，我刚回家，林小芳便找到我，见面就“咚”地跪倒在我面前，哭哭啼啼地说了一些我想不到又不敢确信的事。

她告诉我，阿炳是没有性能力的，他认为——“阿炳像个孩子一样地认为”，只要跟老婆睡在一张床上，抱抱她，亲亲她，自己就会做父亲，他妈妈就会抱孙子——“你知道的，他是个孝子，他那么想要孩子就是想让他妈妈做个奶奶。

“一年后，他看我还没有怀孕，就觉得我有问题，经常对我发脾气，不跟我睡在一起，还几次说要休掉我，重新找一个女人。

“我害怕他抛弃我，被他抛弃了我还怎么在 701 活呢？怎么对得起 701 和我死去的哥哥，就这样，我……我……”最后，她向我发誓说，从她知道自己怀孕后，就再也没有让那个山东人碰过一下。

不知为什么，虽然我相信她流的泪，包括她说的话，都可能是真的，但就是无法打动我，哪怕是一点恻隐之心都没有。

墙那边传来孩子恐惧的哭喊声，我厌倦地站起身，冷漠又粗暴地责令她离开我家。

第二天，有人看见林小芳抱着孩子离开了 701，却没有人看见她再回来，也没人知道她到底去了哪里。

直到有年秋天，我去上海出差，顺便去陆家堰看望阿炳的母亲，才知道林小芳离开 701 后就来到陆家堰，一直和阿炳母亲生活在一起。

奇怪的是，我没看见那个小孩，问林小芳，她也不告诉我具体情况，只是说他不配待在这家里。

从她说话的口气和做事看，她完全把这里当作了自己家，而阿炳母亲炫耀地说她是全陆家堰最好的儿媳妇，村里人都在夸她老人家福气好。

1983 年，老人因糖尿病引发心脏衰竭去世。

村里人说，在安葬老人后的当天，林小芳便离开了陆家堰，并且都说她是回了阿炳原来的部队。

但我们知道，她并没有回来。

她到底去了哪里？说真的，她的下落我们至今也不知道，开始有人说她是回了自己老家了，也有人说她是去了山东了。

但是后来证实这些说法都属谣传，于是又冒出新的说法，有人说她离开陆家堰后就跳进了黄浦江，有人又说曾在上海街头见过她。

总之，关于她的下落问题，我感觉似乎比阿炳出奇的听力还要神秘和离奇。

她是个天使，但并不完美。

她是个有问题的天使。

她就是 701 破译局欧洲处第五任处长黄依依。

在 701，有关黄依依的传闻并不比瞎子阿炳平淡，人们因着自己的好恶和见闻，以不同的感受向我讲述着同一个人的故事和传闻。

他们的讲述是那么引人入胜，使我对这位破译局历史上唯一的女处长——黄处长——充满了写作冲动。

但我一直不敢贸然下笔，因为一个对黄依依故事最知情的人，一个像讲阿炳故事的安院长一样的人物，我迟迟未能谋面，他其实就是瞎子阿炳故事中的钱院长。

钱院长是 701 历史上的第四任院长，且资格甚老，系 701 初创时著名的九位元老之一，曾有“九君子”之称。

现在九君子大多已相继辞世，他是唯一在世的，已经八十好几。

但身体似乎还好，跟我握手时，我感觉他手上的气力很充足，说话的声音也是有气有力的，只是浓重的湘西土语让我听来有些吃力。

他于 1985 年离休，离休后一直生活在北方某偏僻小镇，那里既不是他的家乡，也不是他的工作地，只是他刚满周岁的小孙子胡乱确定的一个地方。

据说，钱老这人颇为怪异，离休时面对北京、上海等大城市都不去，只要求组织上给他任意安排到一个陌生的城市去生活。

不管哪里，只要陌生！这可把组织上难住了，因为中国这么大，他陌生的地方多着呢，怎么来确定呢？最后，还是他自己做主，让只有周岁的小孙子在一幅中国地图上随便丢了枚硬币，硬币停落之处，便为他归宿之地。

这有点宿命的意思。

就这样，这些年来，他犹如一只失散的鸟，过着几乎与 701 人隔绝的生活，时间长了，要找到他谈何容易。

后来当然找到了，但可以想见，要想请他开口绝非易事。

无疑，当初他选择“失散”的目的本身大概就是为了免开尊口，所以我能理解。

但我不能接受。

最后，我以巨大的耐心和诚恳战胜了他的固执，不过不是全胜，只能算半胜。

他同意跟我讲关于黄依依的故事，但同时要求我，是签字画押地要求，在本书中不能写他的故事。

是有所指的故事。

那故事，我在701已经有所耳闻，我相信如果写出来，也许是本书中的最好看的故事。

现在，我跟他签字画押过，这故事成了我的禁忌，讳莫如深，在此不敢有半点涉及。

连暗示也不敢。

他还要求我，关于黄依依的故事，只能采用他的“说法”，不能加进任何他人提供的说法，包括档案资料。

这也是签字画押过的。

所以，现在我只能以他的口吻讲述本故事。

不过，说真的，他的讲述远没有我的乡党讲得好，也许是年纪大的缘故吧，讲得特别拉拉扯扯，我几乎花了多于对付阿炳故事一倍的精力，才勉强整理出下面这个“版本”，应该说，依然有诸多不尽如人意之处。

但我没办法，因为我不能添加材料，不能变腔改调，只能删繁就简，和做些词语的调整而已。

如此这般，也只能是这个样子——是1960年夏天的一个雨夜，我以杨小纲的名字，住进了位于北京海淀区南郊的中国科学院数学研究所的招待所。

摘自新经典文化《暗算》

【作者简介】

麦家，当代知名作家、编剧。原名蒋本浒，浙江富阳人。自1986年以来，已出版《解密》《暗算》《风声》《风语》《刀尖》等多部经典作品，且均被改编成热门影视，被誉为“中国特情文学之父”“谍战小说之王”。

在解放军工程技术学院无线电系和解放军艺术学院文学系的求学经历，不仅进一步培养了麦家深厚的文学素养，也为他创作特情文学提供了丰富且宝贵的灵感源泉。麦家更是凭借《解密》《暗算》两部作品，成为中国继鲁迅、钱锺书、张爱玲之后，首位入选英国“企鹅经典”文库的当代作家。

第七届茅盾文学奖给予麦家这样的授奖词：“麦家的小说有着奇异的想象力，构思独特精巧，诡异多变。他的文字有力而简洁，仿若一种被痛楚浸满的文字，可以引向不可知的深谷，引向无限宽广的世界。他的书写，能独享一种秘密，一种幸福，一种意外之喜。”

一本好书 **剧场**

【角色】

院长：赵立新

黄依依：田沅

阿炳：李晓川

青年院长：靳川川

总部首长：钟雷

听到风，看到风，捕到风

701 的战斗是国家之间的博弈，这场输赢太大，甚至超乎他们自己的人生。所以在故事里，院长、黄依依、阿炳……他们每一个人都经历着常人所无法接受的考验与煎熬。他们在阴暗里寻找光明，在混乱中寻找秩序，在碎片中拼凑全局。听到风，看到风，捕到风。

破译失败是正常的，破译成功才是几乎不可能的，但他们的工作就是让不可能变为可能。

让人感慨的是，这些并不是为了拉伸故事张力的起承转合，而是每一个 701 人的真实生活。你只是偶然闯入了他们的世界，但无论你是否存在，这个世界，就在那里。

一个人的伟大与卑微

在溃败的时刻，701 需要以最快的速度找到那个能帮助他们扭转乾坤的天才。而在黄浦江沿岸的一个村庄，瞎子阿炳成了那个唯一的希望。他双目失明，却拥有惊人的听觉。

仅凭两只耳朵，阿炳在让人意想不到的时间里，完成了组织交与的任务，成为国家的英雄。就是这样一个超凡的天才，却在得知妻子生下了野种这件事情之后触电自杀，卑微地离开了这个需要他的世界。

一个人，原来竟可以同时高大触天，同时卑微遁地。

一个秘密，改变一个命运

在这个诡诈的世界里，如果你动了真心，将会面临什么。这是黄依依的人生命题。一个拥有惊人天赋的女人沉醉于浪漫，声称只有爱才能使人年轻。她爱上了一个刚刚失去妻子的男人，而这个男人迫切需要她去完成一次近乎不可能的破译。

理智与感性之间，保留与放开之间，冷漠与热情之间，黄依依这个人物被一个更大的事物纠缠，撕扯，拆碎。她成为国家的英雄，最终却没能拯救自己。

麦家让我们看到一个人的命运如何在时代的洪水中顺流而下，却始终到达不了她自己向往的口岸。

要么立地成佛，要么走火入魔

这是一群天才，也是一群疯子。天赋，是他们的通行证，也是他们的墓志铭。

在这个故事里，麦家塑造了很多的神人、奇人，或者说是特殊战线上的英雄，但是每一个这样的英雄，都如此特殊。从人物形象上来讲，他们并不是我们通常想象的高大上的这种形象。他们同样单纯天真，同样敢爱敢恨，同样困于自我。

黄依依指着照片上的一位同志说："我需要他。"但得到的回应却是，这个同志曾经是这里最厉害的破译者，却已经疯了。黄依依看着照片，说："他离胜任就只差一步。"

灵光刹那间闪现，正如黑暗在永恒中匍匐。

他们经历并享受着孤独

《暗算》带给我们的是一个群像，他们轮廓清晰，却又身影模糊。在极度隐蔽的工作环境中，他们的成就只能埋于地下。被他们保护的我们，甚至无法知道他们每个人的名字。

但这丝毫没有冷却他们沸腾的心。在一次次的成功和一次次的失败中，他们经历着孤独，同样，也享受着这份孤独。

当他们胜利的号角响起的时候，这个声音飘向的是历史的远方。

不断敲击那扇紧闭的门

我们都是局外人。面对这个陌生感十足的世界，我们好奇，甚至猎奇。但在阅读之后，我们需要问自己："这和我到底有什么关系？"

这个世界上，有很多扇门，有的大开，有的虚掩。我们总是对开着的门抱有热情，而对紧闭的门持有保留。但是《暗算》让我们看到了一群不断敲打关闭之门的智者和勇者，他们不畏惧那扇门，更不畏惧那扇门背后的世界。

危险与绝望，让他们兴奋。而我们呢？

梁文道：建立密码到破解密码的过程，其实就是一个纯智力的游戏。

陈晓楠：你看到的可能只是博弈间的输赢，实际上他投入的是他全部的人生。

史　航：太高级的人不懂感情，太低级的人根本不知道是什么感情。

好的故事扎根于隐秘的真实

陈晓楠：《暗算》所描述的世界和我们普通人的生活相距甚远，它的主角是神秘战线上的特工、特殊军人。但这里面除了神秘，还有一份真实，这是我觉得它很令人震撼的地方，因为它不仅仅是来自作者的臆想。麦家作为这本书的作者，他创作这个故事，有一点很特殊——他曾经就是这样一个特殊战线上的军人。所以说这个故事中的不少角色是以很多他认识的人为原型的。他曾经在特殊军营里待过，因此认识了一批特殊的军人，再加上他储蓄了不少军事方面的知识，逻辑体系强，文笔出众，才得以构建了这样一个故事。这样的作品其实蛮少见的。

梁文道：真的很少。你刚才讲到的两个词很有趣，你说它讲述的是一个很神秘的我们不了解的世界，然后你又说它很真实。既然那是一个我们不了解的世界，我们根本不知道这些人怎么活着、怎么工作，那我们怎么知道它是真实的呢？这就要靠作者怎么样把一个你不知道的东西，写成一个你虽然不知道，但是觉得如果它存在的话，该是什么样子的东西。这很考验作者写实的功力，虽然是我们不了解的世界，但这个世界所发生的所有事情，它的线索、人物的建立、彼此关系的推演，全部都合乎最基本的常情和常理，那样我们才会觉得它真实。

你刚刚说到麦家的身份，他曾经从事过这类工作，这个也是很有意思的，我觉得没干过这行的人是写不了这种小说的。在西方世界，尤其是在间谍小说硕果累累的大国英国，他们的间谍局的局长退休之后一定要干的事儿，就是写小说，没有一个落下。你能够数出来的，每一个退休后都写小说。所以这就变成了一个传统，写小说，尤其是写谍战小说，你必须要有真实经历作为基础，这样你才能够写出那种丝丝入扣、让人入戏的东西。

陈晓楠：对，《暗算》里提到的“701”，它应该是一个很隐秘的存在。实际上它确实是真实存在过的，是有原型的。

专业性中不乏雄奇与细腻

史　航：我想到了一个小故事，二战的时候，有一个德国间谍接受指派到英国的一个小城跟人接头。他要接头的那人的名字叫布莱松，到了小城后，他想着，要怎么打探这事儿呢。路上正好遇到一个咖啡店的店主，他就过去问："你们这儿有一位叫布莱松的先生吗？"那店主说："我们这儿布莱松有很多呀，有卖肉的布莱松，有开酒馆的布莱松，有修鞋的布莱松，还有爱打孩子的布莱松，您说的是哪个布莱松？"

他就蒙了，因为他忘了是哪个。但是这个店主这么说话令他感到怀疑，于是他继续问店主："你会不会就是？你跟我说话很意味深长。"他就试探着把那个接头暗号说出来了——草是绿的，牛是黄的。然后那个老板就不笑了，看着他，突然说："你要找那个做间谍的布莱松！"小城里的这个店主，这么多年就在替布莱松等这个事儿。我觉得这个故事跟《暗算》就完全不像。咱们这个丝丝入扣，是一种真正让你感到紧张的东西、感到心跳的东西，专业性在这里变成了一种雄奇与细腻之美。

就像是一个钟表的小齿轮一样，咔咔咔运转着。但是同时，它又是命运的齿轮。在这里面，你既能感受到专业性，又能感受到专业性所不能抗衡的命运，包括阿炳和他的家人、他的爱人的命运。光呈现专业性的作品，我们叫它报告文学，你必须有命运那一层的东西，就像是勒卡雷、格雷厄姆·格林这帮大师写的小说。所以我觉得麦家这一点是很难复制的，多少人想跟风他的作品呀，包括拿他的作品来改编啊，尽管这样，还是淹没不了、泯灭不了原著的光环。

陈晓楠：这种谍战类型的作品，不论是雄奇的，还是浪漫的，其实都是基于"秘密"两个字。国家的秘密，是非常严肃的，甚至是残酷的、紧迫的。这类作品，它永远是真实存在的，并不是只存在于文学作品当中。书中有一段话，大概意思是说一个国家没有秘密，它将如何存在呢？就像冰山，如果没有海底下的那些东西，它没法独立存在。

史　航：是。所有的谍战都是国战，就比如，景泰蓝的一个工艺，你被别的国家学走了，这得导致多少工人下岗，多少厂子关门一样。这本书里体现的就是见微知著，就是蝴蝶效应，它能让我们感觉到那种森严、威严和严禁中间的不得已性。你能理解不得已了，才算进了专业的这个门槛。

博弈之下的伦理考验

陈晓楠：《暗算》中的阿炳，他一个人所能够做的事情，抵得过千军万马是吧？

史　航：对，但他作为一个当事者、一个工作者，要面临很多的考验、牺牲、碾压。阿炳可以说是一个有些浑浑噩噩的人，他想得很简单，你只要是个好人，你对我好，你给我妈妈 20 块钱，你给我点烟，那我就是“人以常人待我，我以常人待之；人以国士待我，我以国士待之”。他才不管那个人是首长，还是同事，他没有等级观念，他只有善恶的观念。这样单纯如赤子的人，最后却要面临很多压力。我以前很爱看间谍的回忆录，有一篇回忆录里提到，一个双面间谍被抓住了，对方从他的西服革履中，掏出了他的钱包，里面有一张彩色的三人全家福，照片中的孩子很可爱。

但把这张全家福后面的东西揭开来，有一张更小、更破损的黑白全家福，也是三个人，是这个男人年轻一点的时候，女人不是那个女人，孩子不是那个孩子。那是他真实的人世间的老婆和孩子。他藏在哪儿都觉得不对，就只好夹在那张彩色全家福后面。这个是最直观的一个象征，你把自己最真实的世界遮蔽了、掩盖了、折叠了，所以我们能看到的就是主动、被动的折叠和掩盖的中间。我们也可以说它涉及了伦理的考验，这是可以拿出来在伦理课上争论的。

麦家是解放军工程技术学院无线电系毕业的，又从事过那么多的秘密工作。一方面在进行猎奇的探险，一方面在进行伦理的拷问。读者在阅读的时候，可能只做好了一种准备，没有做好另一种准备，所以你在看原著的时候，会觉得特别抓人。

陈晓楠：你看到的可能只是博弈间的输赢，实际上他投入的是他全部的人生。一旦他进入701，他作为个体的人生已经消失了，在公共世界里消失了。阿炳立了这么大的功，但是知道这个秘密的人没有几个。

史　航：金庸是为国为民，温瑞安说自己只是为友为邻，而阿炳是给我点烟的人、跟我一块吃饭的人，我为他们好就行了。所以这种东西，在那种过于高大上的故事之外。

麦家写的人物是非常结实的。咱们老说集体主义精神，就是说，如果组织需要一个螺丝钉，不管你是金子、是银子、是白金，还是锡、是铝，加工成螺丝钉的形状摁进去就可以。

在这个环境里，不管你本身的材质，也不管值不值得，一旦你成为螺丝钉，就不能再拿走了。你把自己拿走，或者你的爱人、家人把你拿走，那就得破坏这个机器啊。所以以身许国，许完就应该是无悔的，既然无悔，很多命运就是必然的。

陈晓楠：不管他在这份事业里获得了多大的乐趣，牺牲这两个字，一定是横亘在里面的，也永远是他人生当中的一个主题词。

你刚才说到螺丝钉，麦家写这部作品的时候，就像是写了一架机器里的好几个螺丝钉，或者说像布了一个迷宫一样。他写了《听风者》《看风者》《捕风者》，他介绍的“701”中的各个部门，是单独行动的，又是一环扣一环的。

梁文道：他把这些连接了起来。

没有硝烟的战争，属于智力的对决

陈晓楠：刚刚我们说的是《听风者》，接下来我们聊一聊《看风者》。我们先来谈谈破译密码，我觉得这对我们来说太陌生了，正是因为陌生，反而觉得特别有意思，因为我们自己不可能真正体验破译这回事。

它的一些比喻和对博弈状态的形容，让我觉得特别神秘。它说，这是最荒唐、最残酷，甚至是反人性的一个职业。一个傻子他藏一个东西，你都不会找到，如果对方有意去藏一个东西，那你就更找不到了。换句话说，一个聪明人设计的密码，它本身就不应该被你破出来，破不了才是正常的，破了可能只是偶然。

梁文道：建立密码到破解密码的过程，其实就是一个纯智力的游戏。麦家的作品和以往我们熟悉的主流的间谍小说和谍战影视作品不一样，那些是以行动派为主导的。而《暗算》里，这些解密码的人都躲藏在日常世界之外，我们不了解，他们是属于地下工作中的非行动派，如果要用动静来形容的话，他们是绝对静态的。所以我觉得整个故事有趣的地方就在于，这是一个静态的，没有行动的，用不着出生入死的，本质上很枯燥的工作，你要怎么去写它，怎么去处理它？

陈晓楠：这种没有硝烟的战争,属于智力的对决。而且破密码这件事，不是说越有经验越容易成功，它反而是要打破你的经验。

梁文道：越有经验越是套路。

陈晓楠：越是受到阻碍，你就越要跳出所有的经验。

史　航：破译，就像在一间黑屋子里抓一只可能不存在的黑猫。你在黑屋子里抓黑猫,还可以靠听声音去判断,大不了用手摸来摸去嘛。

使命必达，逃不掉情感割舍

史　航：黄依依是高人，而且高人又深情，这个就特别有意思。古人言，太上忘情，太下不及情，能钟情者，正在吾辈。太高级的人不懂感情，太低级的人根本不知道是什么感情，就咱们这样的，没事才谈点感情吧。但黄依依是太上，她还不忘情，这就太奇怪了。

梁文道：回到道德问题上，比如说，如果一对夫妇做的都是地下工作，那他们会不会不让彼此知悉自己的身份？历史上如果真的出现过间谍夫妻档，一般的情况下，组织是会让他们互相知道，甚至互相搭档的，因为有政治好处。

间谍有时候最难的地方是什么？之前史航兄提到的，你说一张全家福照片要盖另一张全家福照片，所以你的日常身份到底是谁？你的整个伦理关系是不确定的。假如在你的日常生活之中，你连自己是谁这个真相都不能暴露给别人的话，那么，你用什么去跟你身边的邻居、你的同事、你的朋友，甚至你的家人去讲信任，然后建立在信任之上的爱？人间的一切真实，以及最重要的道德观几乎都会因此被动摇。你作为一个特务，最难的地方就在这里。

史 航：任何一个间谍、特务都是演技派，他一定要有演技。假如你是个大演员，但你70%的演技都耗在自己的爱人身上，她不是敌人，她只是个普通人，如果她不是你的搭档，她又不知情的话，那你只剩下30%的演技面对你真正的敌人，这是很浪费的。其实你应该把大量的演技用在应付别人上，毕竟咱俩知心嘛。但是这又涉及了隔层保护的问题，如果你被抓之后，她完全不知情会怎样，或者她被抓了，她会不会出卖你。所以说，保护的方式也很重要。要是你们是一个组织里的，那就全听组织的，因为你们都已经做好牺牲的准备了。知情是一种牺牲，不知情也是一种牺牲。

陈晓楠：当一个人等同于一个秘密的时候，你的人生很多侧面就都改写了。以黄依依的个性，开始的时候她是不想入选的。她的个性不是属于循规蹈矩类型的。不过书中也有提到，破译密码，恰恰需要一颗顽劣之心，因为里面有一种邪性和野性。

史　航：不走寻常路。

陈晓楠：你走寻常路的话，可能就顺着人家那个套路下去了。恰恰是黄依依这种个性的人，才容易破密。可是在这份秘密事业里，又要有所隐藏，这就需要湮灭一部分她的个性。也就是说，她要去听从这个规则，所以放在她身上，这是个悖论。

史　航：摁下葫芦起来瓢。你在这儿忍够了，下一刻在别的地方就一定绷不住，反而流露得一泻千里。黄依依是有很多智慧的，但她还是为那一点爱方寸大乱。

陈晓楠：她说，没有爱她破不了这个密码。对她来说，爱比什么都重要。

梁文道：这跟《听风者》有一点类似，对这两个故事里的核心角色而言，所谓国家使命，组织给的任务，都不是那么重要，真正推动他们的动力，不是这些。我不知道这是不是造成这两个故事最后都是悲剧的原因。你活在一个这样的秘密世界里，接受组织的安排，你个人的行事原则、立身方向，跟组织的要求、国家的使命其实没有关系。一个是为了赢一些东西，或者展示自己的能力，一个是因为自己要爱，或者是别的什么。那最后你看到的就只能是悲剧。

史　航：我刚才看到有一处，觉得很感动，就是最后，安院长告诉黄依依，我的爱人小雨她还活着。这个是什么？这是一个违反组织规则和纪律的解密，是针对一个人的解密。

梁文道：他其实不应该讲的。

史　航：对，不该讲。这个“701”机构，会有个解密日，在那一天，有些档案可以打开，有些人可以公布，有些人可以退休。这个地方很令我感动。为什么？因为在这样的一个秘密环境中，解密有时候等于放生。在这种讲牺牲的环境当中，你能做一点放生的工作，我们作为读者，尤为领情。

梁文道：您讲的这个我非常同意，而且有一点很有意思的是，那个时候反而是他对黄依依最真心的时候。假如说那是他的一个诡局，他说，好吧，那我们就在一起吧，或者他干脆答应她了，那他就是在欺骗她，在进一步地利用她。但是他跟她讲出了一个本来不该讲的真相，说明他是在真心对待她。

陈晓楠：所以在这种伟大崇高的事业里，在他们这种机械化的螺丝钉似的人生里，他们作为“神人”，还是会有非常多的纠结的时刻。因为没有人真的可以是神，或者真的是个螺丝钉。

梁文道：所以他们内心时刻都在天人交战。

陈晓楠：他们需要做出很多的牺牲和割舍，可见他们的艰难、他们的崇高。

信念是实现个人价值的根基

史　航：一个人一旦知道了某个秘密，他的一生可能都会因此被改写，就像经过一个蜘蛛网，被粘住了翅膀。

陈晓楠：最让人感到唏嘘的是，就黄依依个人的生命而言，她的个人价值该如何衡量。她在这样一个伟大崇高的事业面前，她的个人追求、她在私人领域的追求，是不可能享有纯粹的自由的。

梁文道：曾经有一个听起来不是那么正确的比喻。有人认为，从事这一行，跟进入黑社会差不多，一旦沾手，以后走都走不掉。当然，我们也知道，它跟黑社会有本质的不同，出发点是完全不一样的，一个虽然从事的是隐秘的、不能言说的工作，但它是光明的；另外一个就是从头黑到尾。好的间谍小说和特务小说能够让我们发现，所谓的间谍，代表的是一种人类的特殊处境，它像一个实验室。比如《暗算》里这座大山深处的“701”分局，它把一个地方孤立起来，然后扔几个人进去看一看。把一个人丢在这种环境、这种布置、这种设置当中，他会有怎样的反应。不论这个人的反应如何，在我看来，那都是人性在极端实验下呈现出来的状态。

陈晓楠：被丢在这里面的人，需要有强大的信念。在这个世界，财富、名望、荣耀，所有的一切都和他们无关。他既然享受不到这些，那就需要一个极其强烈的信念来支撑他，只有这样，才有可能达到个人追求和人生价值的平衡。

史　航：对，最后安院长说，那一切都与我们无关，我们唯一希望得到的，就是你们的理解，那将会让人感到很温暖。而我们要理解安院长，就要深一层理解他们对国家价值、国家利益的奉献，如此，才能做到真正的互相理解。

他们拥有永不褪色的鲜明

陈晓楠：当我们描述一个英雄的形象，或者说一个特工的形象，一个机器一类的神人的形象的时候，你会觉得他们就是一个符号，或者是一个群体。但不论是阿炳还是黄依依，我觉得他们个性里的这些有瑕疵的东西、有破绽的东西，这些让他们感到纠结的东西，反而会让我们觉得鲜明而生动，甚至感到离他们特别近。我觉得这个应该是麦家很想呈现给我们的，他想让我们通过这个作品，去认识他曾经的那些战友。

这是真实的曾经存在过的一批人，并不完全是假想出来的。从这个角度来讲，这个事业有它冷峻、残酷，甚至是庄严的那一面。这几个书里的人物，他们虽然都展现了神奇的天赋，但实际上他们的命运都是归于普通人的，普通人里边的极其偶然的、脆弱的、无常的那种命运。

史　航：对，他们是被命运拨弄的，每一个人都有自己的命运。希腊神话里的那个阿喀琉斯之踵，就是你全身都是刀枪不入的，但当初人家是抓着你的脚脖子这么历练你，所以你的脚脖子是软弱的，而命运它每一下都精准地射向不同人的脚踝。

阿炳是有点无知无觉的，他到最后才知道，我被背叛了，我在婚姻中被我妻子背叛了，于是他给了自己那样悲惨的结局。然而他不知道的是，那个背叛你的女人，其实是为了不离开你才背叛你，这是个死局。黑格尔说过，真正的悲剧，是善与善的战争。要不然就是正剧，善与恶叫正剧嘛。我为你好你不知道，这才是善与善的战争。

梁文道：我们之所以会被感动，会同情他、理解他，是因为我们会不由得代入自己，万一把我们也丢到同样的境况里，我们的选择大概也会是这样子。

陈晓楠：人性经历极致的考验的时候，才会看出人性底色里面的那些东西到底是什么。

梁文道：文学作品之所以重要，是因为我们人生太有限，我们过不了那么多种不同的人生。但是在读他们的时候，我大概能够知道，如果我还有几种选择的话，人生还可以怎么样，会是什么样，我好像跟着他们都经历了一遍。

陈晓楠：就是身临其境的感觉。尤其是黄依依这个角色，你就感觉你跟随她站在每一个她所面临的选择面前。我觉得，他们越是在事业当中无所不能，越是在他们最终走向命运终结的时候，更让人觉得心痛，或者说，这个事业的特殊性，让你感觉更甚。

史　航：所以说造化弄人嘛，无论是我们多么仰视的人，在命运面前，都是随时能从高空跌落的。但在他跌落的那一刻，他还有人的好模好样，有自己的那个范儿在，那他就能使我们难忘。

陈晓楠：麦家替我们打开了一道很神秘、很庄严的大门。在这里面，我们看到了一些牺牲者，一些战斗者，一些很特殊的英雄。麦家有一段话，我印象很深，他说时代在转变，变得很喧嚣，越是喧嚣，那些战友在他心里的形象就越鲜明。他说，现在有些美德变得迂腐，有些崇高变得很可笑，有些秘密变得家喻户晓。但是他相信他的战友没有变，他们不会变，他们也不能变，因为他们永远像从前那样，像磐石一样，是一群很坚定、很安静的人，他们永远都在那里。

关正文：同一个地球，另一个世界

以前看各种秘密战线上的故事，各种特工、特务的故事，出生入死，惊心动魄，展示的更多是传奇。但麦家的《暗算》是另一种让我们感到非常陌生的传奇。在《一本好书》的改编过程中，我们选取了《暗算》中的两个故事，并且把主要人物进行了合并。请艺术家赵立新扮演串联故事的院长。这一安排，主要还是为了便于阐述我们希望突出强调的东西。

两个故事，一个涉及监听，另一个则有关密码破译。先说说故事的震撼：麦家曾经是秘密战线的一员，所以他写战友的故事总有一种亲历感，让人觉得真实。故事里让人意外之处，首先是这个特殊战线原来是如此需要特殊的人才。瞎子阿炳具有异常敏感的听觉能力；作为一个残障农民，寂静乡村夜晚丰富的人类活剧交织着各种小动物的欢歌，吵得他根本睡不着觉。这种百无一用的“基因突变”，却正好是电波监听急需的关键能力。奔放不羁爱自由的数学天才黄依依，从来不按常理出牌，却是探索黑洞般密码世界的魔鬼型天才。他们作为英雄，其行为方式所形成的壮举，简直让我们这些生活在透明世界的人闻所未闻，大开眼界。但如果仅止于传奇，我可能还是不会对这部作品情有独钟。

真正震撼我的不是传奇，而是命运。人类社会以国家划分成很多利益群体。为了保护自身利益，每个群体都有自己需要保守的秘密，也都有知晓别人秘密的强烈需求，这就需要群体中很少的一部分人为此而生。对这些传奇人物，人类一直给予了崇高的仰视与颂扬。各种谍战剧塑造的，都是机智果敢的英雄故事，当事人享尽了人生荣耀与万众崇拜。这类谍战剧让我们忽视了一个明显的问题：在我们的生活中，这些人其实我们一个也看不见。如果麦家不说，我甚至从来都没有想过这种隐秘生活所存在的价值观问题。

我们所知道的人类社会的价值观，全都是公开世界的价值观。每个人都活在别人的目光里，你也真的是在为改善别人眼中的你而奋斗。往高了说，你为什么要立功受奖、英勇牺牲？是因为大家都会赞扬这种行为并且千古传诵你。往低了说，你为什么要成名挣大钱？是因为在别人眼里有名有钱是成功的标志。这些价值观千差万别，但有一条是高度统一的，那就是必须让别人知道。想尽办法让别人知道你，已经成了交换各种收获的最佳筹码。

秘密世界的价值观正好相反，它的第一原则，就是没人会知道你。麦家写的人物，连人在哪儿都没人知道。这个世界上可能只有两个人知道你在干什么，出了屋就不能说。因为你的身份特殊，你永远也不可能走出山中的院落。别说立功了，你就是拯救了国家民族的命运，你的至亲也永远都不知道你有多了不起。汉语词典里对

“荣誉”的解释是：由于成就和地位而得到广为流传的名誉和尊荣。可进入这个秘密世界，你天大的功劳也没有任何流传的可能。你的人生，没有荣誉。我不知道我是否表达出了我的那种震撼感受，我觉得让一个人享受生命的所有动力，在秘密的世界里全都消失了。他们过的，是另一种人生。这是我第一次感觉到就在我们这个星球上，存在着另一个世界。在那里，支撑人生动力的价值观，起点就是放弃现世的一切。

麦家更狠。人都有七情六欲，麦家笔下的阿炳连情欲都没有，老婆怕因此离婚，便与人偷情生下孩子想维稳这段婚姻，却因阿炳异于常人的耳朵从孩子的啼哭声中听出端倪，愤而自杀。黄依依倒是热情似火，爱上了家里挂着老婆遗像的院长。偏偏院长老婆的牺牲只是执行秘密任务的掩护，归人何处，归期何时，院长自己也不知道，甚至连这个拒绝真爱的唯一理由，也是绝不能说出的秘密。黄依依因为知道了这个秘密被迫永远留在了大山里，再没有遇到合适的爱人。多年之后，院长接到通知，妻子这次是真的牺牲了。但这个消息只能终身保密，因为早就死了的人总不能再死一次吧？只有按照秘密世界的规则，才能有这样刺痛的爱情。

录制现场来了几位秘密战线上的同志，他们跟我说，“黄处长”的故事是真的。我带他们见了赵立新。赵立新哭了。

一本好书

第十本书 × 尘埃落定

你可以把他们当马骑，
当狗打，
就是不能把他们当人看。

藏族作家阿来，凭借一部充满丰厚的藏族文化意蕴、独特魔幻色彩的长篇小说《尘埃落定》，获得第五届茅盾文学奖，成为该奖有史以来最年轻的获奖者。小说以麦其土司家“傻子”二少爷为切入点，讲述了一个声势显赫的康巴藏族土司家族由强大走向土崩瓦解的故事。众人眼中的傻子却有着超时代的预感和举止，成为土司制度兴衰的见证人。

《尘埃落定》小说首次出版于1998年。自其问世二十多年来，在国内外获得了持久而巨大的反响，被翻译为英、法、德等十五国语言，畅销全球三十多个国家。

《尘埃落定》借助康巴藏族末代土司的史诗画卷，展开了对人性、社会、文化的全面思考，编织出聪明与愚蠢、权力与财富、战争与和平、爱恨生死的宏大叙事，被誉为一部关于整个人类社会的寓言。

一本 好书 **精彩书摘**

这时，土司太太楼上楼下叫人找我。

要是父亲在家，绝不会阻止我这一类游戏。可这几天是母亲在家主持一应事务，情况就多少有些不同；最后，下人在果园里找到了我。这时，太阳正升上天空，雪光晃得人睁不开眼睛。我满手血污，在细细啃着小鸟们小小的骨头。我混同在一群满手满脸血污的家奴的孩子中间回到寨子里，看门狗嗅到了新鲜的血腥味而对着我们狂吠起来。进得大门，仰脸就看见母亲立在楼上一张严厉的脸俯视着下面。那几个小家奴就在她的目光下颤抖起来。

我被领上楼在火盆边烤打湿的衣服。

天井里却响起了皮鞭飞舞的声音。这声音有点像鹰在空中掠过。我想，这时我恨母亲，恨麦其土司太太。而她牙痛似的捧着脸腮说："你身上长着的可不是下贱的骨头。"

骨头，在我们这里是一个很重要的词，与其同义的另一个词叫作根子。

根子是一个短促的词："尼。"

骨头则是一个骄傲的词："辖日。"

世界是水，火，风，空。人群的构成乃是骨头，或者根子。

听着母亲说话，感受着新换衣服的温暖，我也想想一下骨头的问题，但我最终什么也想不出来，却听见画眉想在我肚子里展开翅膀，听见皮鞭落在我将来的牲口们身上，我少年的眼泪就流下来了。土司太太以为儿子已经后悔了，摸摸我的脑袋，说："儿子啊，你要记住，你可以把他们当马骑，当狗打，就是不能把他们当人看。"

她觉得自己非常聪明，但我觉得聪明人也有很蠢的地方。我虽然是个傻子，却也自有人所不及的地方。于是脸上还挂着泪水的我，忍不住嘿嘿地笑了。

我听见管家、奶娘、侍女都在问，少爷这是怎么了？

但我却没有看见他们。我想自己是把眼睛闭上了，但实际上我的眼睛是睁开的，便大叫一声："我的眼睛不在了！"

意思是说，我什么都看不到了。

土司儿子的双眼红肿起来，一点光就让他感到钢针锥刺似的痛苦。

专攻医术的门巴喇嘛说是被雪光刺伤了。他燃了柏枝和一些草药，用呛人的烟子熏我，叫人觉得他是在替那些画眉报仇。喇嘛又把药王菩萨像请来挂在床前。不一会儿，大喊大叫的我就安静下来。

醒来时，门巴喇嘛取来一碗净水。关上窗子后，他叫我睁开眼睛看看碗里有什么东西。

我看见夜空中星星一样的光芒。光是从水中升起的气泡上放射出来的。再看就看到碗底下躺着些饱满的麦粒。麦子从芽口上吐出一个又一个亮晶晶的水泡。

看了一会儿，我感到眼睛清凉多了。

门巴喇嘛磕头谢过药王菩萨，收拾起一应道具回经堂为我念经祈祷。

我小睡了一会儿，又给门口咚咚的磕头声惊醒了。另是索郎泽郎的母亲跪在太太面前，请求放了她苦命的儿子。母亲问我："看见了吗？"

"看见了。"

"真的看见了吗？"

"真的看见了。"

得到了肯定的答复，土司太太说："把吊着的小杂种放下来，赏他二十皮鞭！"一个母亲对另一个做母亲的道了谢，下楼去了；她嘤嘤的哭声叫人疑心已经到了夏天，一群群蜜蜂在花间盘旋。

啊，还是趁我不能四处走动时来说说我们的骨头吧。

在我们信奉的教法所在的地方，骨头被叫作种姓。释迦牟尼就出身于一个高贵的种姓。那里是印度——白衣之邦。而在我们权力所在的地方，中国——黑衣之邦，骨头被看成和门槛有关的一种东西。那个不容易翻译确切的词大概是指把门开在高处还是低处。如果真是这样的话，土司家的门是该开在一个很高的地方。我的母亲是一个出身贫贱的女子。她到了麦其家后却非常在乎这些东西。她总是想用一大堆这种东西塞满傻瓜儿子的脑袋。

我问她："门开得那么高，难道我们能从云端里出入吗？"她只好苦笑。

"那我们不是土司而是神仙了。"

她的傻瓜儿子这样对她说。她很失望地苦笑，并做出一副要我感到内疚的恨铁不成钢的样子。

麦其土司的官寨的确很高。七层楼面加上房顶，再加上一层地牢有二十丈高。里面众多的房间和众多的门用楼梯和走廊连接，纷繁复杂犹如世事和人心。官寨占据着形胜之地，在两条小河交汇处一道龙脉的顶端，俯视着下面河滩上的几十座石头寨子。

寨子里住的人家叫作“科巴”。这几十户人家是一种骨头，一种“辖日”。种地之外，还随时听从土司的召唤，到官寨里来干各种杂活儿，在我家东西三百六十里，南北四百一十里的地盘，三百多个寨子，两千多户的辖地上担任信差。科巴们的谚语说：火烧屁股是土司信上的鸡毛。官寨上召唤送信的锣声一响，哪怕你亲娘正在咽气你也得立马上路。

顺着河谷远望，就可以看到那些河谷和山间一个又一个寨子，他们依靠耕种和畜牧为生。每个寨子都有一个级别不同的头人。头人们统辖寨子，我们土司家再节制头人。那些头人节制的人就称之为百姓。这是一个人数众多的阶层。这又是一种骨头的人。这个阶层的人有可能升迁，使自己的骨头因为贵族的血液充溢而变得沉重。但更大的可能是堕落，而且一旦堕落就难以翻身了。因为土司喜欢更多自由的百姓变成没有自由的家奴。家奴是牲口，可以任意买卖任意驱使。而且，要使自由人不断地变成奴隶那也十分简单，只要针对人类容易犯下的错误订立一些规矩就可以了。这比那些有经验的猎人设下的陷阱还要十拿九稳。

索郎泽郎的母亲就是这样。

她本来是一个百姓的女儿，那么她非常自然地就是一个百姓了。作为百姓，土司只能通过头人向她索贡支差。结果，她却不等成婚就和男人有了孩子，因此触犯有关私生子的律条而使自己与儿子一道成了没有自由的家奴。

后来有写书的人说，土司们没有法律。是的，我们并不把这一切写在纸上，但它是一种规矩，不用书写也是铭心刻骨的。而且比如今许多写在纸上的东西还有效力。我问：难道不是这样吗？

从时间很深远的地方传来了十分肯定的声音，隆隆地说，是这样，是这样。

总而言之，我们在那个时代定出的规矩是叫人向下而不是叫人向上的。骨头沉重高贵的人是制作这种规范的艺术家。

骨头把人分出高下。

土司。

土司下面是头人。

头人管百姓。

然后才是科巴（信差而不是信使），然后是家奴。这之外，还有一类地位可以随时变化的人。他们是僧侣，手工艺人，巫师，说唱艺人。对这一类人，土司对他们要放纵一些，前提是只要他们不叫土司产生不知道拿他们怎么办好的感觉就行了。

有个喇嘛曾经对我说：雪山栅栏中居住的藏族人，面对罪恶时是非不分就像沉默的汉族人；而在没有什么欢乐可言时，却显得那么欢乐又像印度人。

中国，在我们的语言中叫作“迦那”。意思是黑衣之邦。

印度，叫作“迦格”。意思是白衣之邦。

那个喇嘛后来受了麦其土司的惩罚，因为他总是去思考些大家都不愿深究的问题。他是在被割去了舌头，尝到了不能言语的痛苦后才死去的。关于这个问题我是这样想的：释迦牟尼之前，是先知的时代，之后，我们就再也不需要用自己的脑子来思考了。如果你觉得自己是杰出的人，而又不是生为贵族，那就做一个喇嘛为人们描绘来世的图景吧；如果你觉得关于现在，关于人生，有话不能不说，那就赶快。否则，等到没有了舌头，那就什么也说不出来了。

君不见，那些想要说点什么的舌头已经烂掉了。

百姓们有时确实想说点什么，但这些人一直等到要死了，才会讲点什么。好的临终语言有如下这些：

——给我一口蜜酒。

——请在我口中放一小块玉石吧。

——天就要亮了。

——我找不到我的脚了。

——天哪，天哪。

——鬼，鬼呀！

等等，等等。

——第二章　辖日

摘自人民文学出版社《尘埃落定》

【作者简介】

阿来，藏族作家，他出生于四川西北部藏区的马尔康县，曾做过五年乡村教师，先后任成都《科幻世界》杂志主编、社长。阿来的小说来源于生活，也扎根于生活。他称“自愿长期处于业余的写作状态下”。

阿来认为作品本身“不只体现了我们藏民族或那片特别的地理状况的外在景观”，藏民族独特的文化给了阿来独特的题材。他的主要作品有《旧年的血迹》《梭磨河》《尘埃落定》《月光里的银匠》《大地的阶梯》等。

获得国内文坛最高奖项茅盾文学奖的《尘埃落定》，出版之路并不顺利，四年时间内屡遭退稿。后被人民文学出版社慧眼看中，一经出版收到巨大反响。《尘埃落定》经由作者以最贴近和最感性的方式向我们展示了川西藏族的土司制度和兴衰历史。

【角色】

土司太太：徐帆

青年二少爷：喻恩泰

土司：扎西

大少爷：秦立洋

少年二少爷：刘人赫

故事的动力

首先是人的情感。

这里面必然是高度凝练的，如果你完全按照生活当中人的那种情感，有的时候是会推不动的，因为我们想在这里探寻一种更具有历史感的东西，但是并不是每一个真实生活当中的人的情感逻辑都是按照历史的需求走的，所以这里头其实已经有一个某种程度上是作家自己强加在那个对象身上的东西。我觉得这一点很重要。

自然环境是有表情的

我们生活在两个环境当中，一个是我们所处的社会，就是人跟人的关系，今天我们去看小说、看电视剧，主要就是讲人，但是我们中国文学有时候确实有一个忽略，就是我们还生活在自然环境当中，这个是一个更大的属于我们的生存空间。没有自然界，我们人都没有了依凭。人跟人在一起只说出了我们跟周围关系的一层，所以我是希望写出来我们生存的更大的那个自然空间，因为任何一个地方都会有一条河流、一处平原或者是一座雪山，至少有点草、有棵树、有只鸟……

它也跟我们构成某种呼应的关系，我希望把第二层的这种东西写出来，这也是我的小说一直保持的一个努力，不光是简单的风景描写这么简单。但好的山水是有意义的，它就跟主人公的情绪、经历包括那种调子结合在一起。

自然环境是有表情的！

各自为营，各怀鬼胎

每个人的形象都有一个被逐渐唤醒的过程。

二少爷还小的时候，权力意识并不强烈，慢慢成长，而且当他显露出他并不是一个真正的傻子的时候，这种权力的意识才在每个人的心中产生回响，包括他手下的那些下人。他哥哥在这之前对他很好，但是后来越来越发现他的大智若愚，就越来越警惕。

小说里头至少有一个场景，他做了很好的选择，他的下人们以及拥护他的人把他架在肩上，因为这个在藏族神话里头是有寓意和有象征性的。为什么把他架在肩上奔跑？他不敢回应，因为传说藏族的第一个国王是从天上下来的，然后几个牧羊的人在山上碰见他，知道这个人是来做他们王的，但是当时没有车，没有轿子，也没有马，就用肩头把他扛起来称为肩舆王。意思是把肩头作为车，肩舆，扛在肩上把他扛下山，拥戴他当了国王，所以第一个国王叫肩舆王。

这个时候他们也是采用同样的方法，然后希望他可以接下这份权力。但是他不干，不干大家就扔下他走了。所以不光是掌握权力的人，靠近权力宝座的人，希望他对权力有野心，旁边的人也簇拥着他，因为自己也会从某一个人得到权力的方式上得到好处，也就是说为什么每一个要掌权的人背后都有一大堆拥戴的人，而且分成派系，各自为营，各怀鬼胎。其实它就有点对应中国的这种宫廷历史，虽然它是一个小土司的家族，但是一旦伴上权力更替，它跟那个宫廷政治其实在某种程度上是异曲同工的。

人性、历史都有某种通同性，这也是文学需要挖掘的东西。

为什么叫“尘埃落定”？

《尘埃落定》的名字，一直到这本小说快结束了才确定下来。在结尾有一个场景，解放军来，因为他们要抵抗解放，就把他们家的那个官寨轰散了。他们藏在山上看见炮火硝烟，炮火硝烟散开以后，都降落到地面，尘埃落定。但是硝烟过后，那个原来他们自认为很雄伟的官寨也没有了，就变成了一堆尘土跟石头。

这个时候也是很有宗教感的，就是因为这种场面寓意当中略微有点象征性吧，《圣经》里头也会讲尘归尘、土归土，佛教里头关于把这个世界变成灰尘的比喻就更多了，因为佛教要讲一个无常嘛，所以这个时候刚好就是历史无常的那一面、无情的那一面显现出来。

开始“尘埃落定”只是小标题,但是写到小说结尾的这个场景的时候,我就知道这本小说的名字就是它了。

追寻意义，不能执迷于追寻

小说里有一个很小的细节，在一些日子过后，二少爷每天早上起来要问自己两个问题：我是谁？我在哪儿？但突然有一天，他就不问了。

刚开始，他问是因为这些问题突然在他心头涌现，但问着问着，他就会感觉有种厌倦，而厌倦是他身上的一个特质。这两个问题是从古到今哲学和宗教都在问的问题，一般聪明人都对很多事情孜孜不倦，但其实没有谁能对此给出正解，这大概也是人类永远要问的问题。他到一定的时候就会意识到，再问自己也没有意义，不然他又是一个很执拗地走到死胡同的聪明人。

我的两个分身

小说家可能会在自己塑造得比较好的人物身上投射一些自己性格方面的某种东西，这种也许是有的，也许是我希望自己有的，但是其实我也可能太世俗化、太随波逐流而不能达到。比如说《尘埃落定》里头我就觉得我有两个分身。一个是傻子二少爷，他身上有我愿意有的一些东西，但是没有那么多。我也是在按照世俗的方式克制他，但是这种我期待的东西希望在他身上能够表达：第一，对周围不在乎；第二，能抓住重点。

我的另一个分身是《尘埃落定》里头的书记官，这部小说中，书记官的使命是去记录一段历史，因为一旦你开始记录历史，就讲求你究竟是按照历史的真相记录，还是不按照真相记录。这是对任何记录历史反映现实的一个考验，书记官有一份悲壮感。在《尘埃落定》里头我先给自己树立一个榜样，然后我再按照他那种路数来写这部小说。

权力与爱情

如果我们要把文学做个归类，那么两个中心话题，其实就是权力跟爱情，包括财富也是权力的一部分。权力有两种，一种是直接的权力，另一种是财富也带来权力。所以很多人要积累财富到一定的程度，这时候他要的已经不是简单的生活了。比如今天，当一个人有两个亿的时候，其实生活已经是没有问题了，但是他为什么还要积累财富，其实是在昭示权力。

不同的人对爱情的理解也非常不同，有些人勇于交换，有些人怀有纯真，但是权力的限制，使他不能实现。从以前到现在，爱情里都存在某种现实感，即便今天我们这个社会看起来已经变得更开放、更自由，但是背后潜在的那种规则，社会的地位，权力的多少，还是决定着我们的爱情，只是程度不同。

一本好书 名家解读

史　航：他看穿了别人的徒劳，最终却要走向自己的徒劳。

吴伯凡：他本质是无为的。

陈晓楠：官寨也没有了，纷争也消弭了，仇杀也不见了，就是尘埃落定，一切归于真正的平静。

人生是一个傻子讲的一大段梦话

史　航：我们能感受到命运对人的嘲弄，人对命运的反抗，人与历史怎么狭路相逢。但这些命题突然出现在藏族的史诗环境之下，让我们感觉到人性在这里被揭示，格外惊心动魄。因为我对我们的少数民族一直充满了憧憬，但我们的视角从来都是长焦镜头，远望着。突然的特写使我猝不及防地在这里感受到了丰富的人性。周围的一切都是鲜活的生命，而不是扁平的东西。

吴伯凡：这个故事，很多评论者都认为采用了一种陌生化的效果。它当然是在中国发生的故事，但是它是在汉藏交接的地方，正好也是两个时代交接的地方。

陈晓楠：很多人说它是中国版的《权力的游戏》，意味着这里面有这种剑拔弩张、环环相扣、惊心动魄的东西。

史　航：肯定也有人说过他是中国版的《百年孤独》，因为他的孤独感是很强的，只是未必是百年。我觉得这样的一个作品，名字叫《尘埃落定》，其实很有意思。《尘埃落定》有的是尘归于尘，土归于土。但这个是尘埃不知道去了哪里，就是尘跟土之间你是分不清的，或者说就是人跟兽之间，人跟天地之间，很多概念都在那儿，但被这故事一搅和都乱了，不是一个列着的堂堂之阵，而是进入了一种空前的角逐肉搏之中。所以，这里面你其实分不清阵营，你也很难贴标签。

吴伯凡：书中的两个兄弟，一个愚蠢，一个聪明。但后续反转，愚蠢的反而是聪明的，聪明的那个却是愚蠢的。我立即想到《麦克白》里有一句台词："人生是一个傻子讲的一大段梦话，充满着喧哗与骚动，但全然分辨不出什么意义。"有点莎士比亚的风格。

史　航：陌生化的故事不仅是题材、风格，更主要是这个角度，也叫这个世界的打开方式。他用这么一个痴人的角度，用他无邪的眼睛，陌生化的叙述方式，让我们觉得这个故事不是我们看了很多的套路。它让你觉得，我不妨站在一个傻子的角度再来看看这一切人世间的争斗，因为傻子是没有保护自己的能力的，你看他没有保护自己能力的时候，你就会更揪心。如果是他的哥哥叙述这个故事，我就是一个隔岸观火的人。但是傻子的角度，我是看着"盲人骑瞎马，夜半临深渊"，我揪心。

吴伯凡：他天然有一种价值中立，而且傻子不会为那些偶然的事故所打扰。所谓傻子，反而是长时段的一个视野，我们聪明人喜欢及时反应，就这个事马上就会有褒贬，他不是，他的智慧也在这里。好多时候，我们当时看事大如天，过后才想细枝末节，傻子天然对那些偶然的、大如天的事情有一种忽略性。

史　航：他对假动作是免疫的，你晃半天他跟没看见一样。

花香往往是腐败气息的前奏

史　航：我觉得特别好玩的是，好像大家在下军棋，不管有多少人拿起棋子，但他们下的是同一种棋，说军棋都是军棋，说斗兽棋都是斗兽棋。都是在把自己的利益扩大化，漠视任何一个伦理道德的准则，所以说他们加在一起就不是下棋，是多米诺骨牌，一直倒下去。

我们看这种权力斗争，就像听马三立的相声，《扔靴子》。这只靴子掉下去，下一只会是什么时候。有时候靴子跟靴子落下来，可能隔了很多年，隔了好几代，但我们知道因果是在这儿铺设的。所以，我们不管同情谁或者讨厌谁，一种命运已经把手放在咱们头顶上的那种战栗感，是建立起来了。

吴伯凡：真话的力量之所以大，是因为它跟天地一样。天地就是它不用说真话，如是我闻，表达出来，就会有巨大的力量。我们注意到有一个关键词是“种子”，种子就是罂粟的种子，那里还有怀疑的种子。

史　航：复仇的种子。

吴伯凡：到这一阶段的时候，关键词是“开花”。

史　航：我想起福克纳的一句话，“花香往往是腐败气息的前奏”。因为你先闻花香是好的，可慢慢地，有生就有死，有开花结果就有腐败。你从闻到花香的这一刻，腐败气息、死尸味道和血腥味儿都在路上。这一定会来的。

吴伯凡：每个人都在掩盖，只有那个小孩，他认为这些都是没有用的。他是代表着一种真实的、天真的力量，像大自然一样真，像天一样真，他这么说出来了，其实那是最直接的。

史　航：但到最后你会发现，这个天真的孩子他又像个老灵魂，因为在这片土地上有过那么多的阴谋，那么多的血腥，什么都没法拯救。所以回头来看，他像一个老灵魂，用了最简单的方式。

陈晓楠：这幕戏的最后有一个根留下来了，其实是重大的一个伏笔。最后他对那个孩子说，你拿灯照照你的面孔，让我以后认得你。

史　航：每个人都在血腥中打着滚，我现在洗个手，一会儿还要去血泊中，经过多少个春夏秋冬。所以，这里面有一种麻木不仁。

我想起文学批评中常说的一句话：“重要的不是神话讲述的年代，而是讲述神话的年代。”话怎么说不重要，你为什么吃饭时提起这件事，这个契机很重要。我觉得在这本书里，日常生活里面真的都步步危机。

吴伯凡：还是那句老话："不在于说出了某种真实的东西，而在于真实地说出了某种东西。"

陈晓楠：与其在这个逻辑链条里一圈一圈游走，还不如直接在那终点等着，说实话，一圈一圈的没用，有时候反而截断在中间，让自己倒向了一个很危险的境地。

史　航：对，就像旱獭挖洞，最后挖的，都是给自己的坑。

笨蛋虽笨，总有更笨的笨蛋对他喝彩

史　航：我觉得正确的判断是看出什么事是徒劳的。很多人就是纯粹瞎忙，纯粹白忙，还觉得自己能忙出个道理，忙出个格局，忙出一个对自己有利的因果关系。但傻子告诉你，这一切都是徒劳。因为那些聪明人都觉得自己有办法，有办法的人就不容易认识到自己的局限，把自己局限的那层抛到脑后了。傻子独有的智慧在于他对自己没有高估。

陈晓楠：你看到有些情节的时候，会有突然被剜了一刀的感觉。这个傻子在里面，一直是一个旁观者，或者是一个审视者。

吴伯凡：而且他对结局有一个判断。他不知道为什么这样，但是他好像一下子就看到了头。

史　航：这里面，特别有意思的是傻子对人心复杂的东西能够简单地超越掉、覆盖掉。但另外一场戏我很关心的，就是他心爱的卓玛。她应该算是他的女人，她说，"我要嫁人了，嫁给一个银匠，我不再成为一个自由人了，但这是我的命"。那些不认命的哥哥手脚并用地各种挣扎时，傻子像看笑话一样地说出谜底；但是心爱的女人说出认命的话时，傻子反而一片茫然。我觉得很有趣的是，你玩心机，我告诉你别瞎忙，白玩；但你直接认命，我说怎么可以认命？好像只能认命。这里面傻子对于不同人、不同心思、不同命运的不同态度，他不是一张脸，他有不同的反应、不同的表情。他这个反应，其实会让你觉得傻子是一个真正的情种。

陈晓楠：真正的有情人也是傻的。

史　航：对于他在乎的事儿，他跟他的爸爸、哥哥、妈妈都不一样，他在乎的是一个女孩子要不要跟一个她并不喜欢的人厮守终生。这个事儿没有人关心，就连女孩子自己都不打算关心。但他是，你认命我舍不得认。就是这一刻，你能看到傻子的柔软。

陈晓楠：其实聪明、愚蠢恰是这部小说里探讨很深的一个话题。

史　航：傻和愚是天然的，是静态的、守势的。这个蠢笨是挠来挠去，是“机关算尽太聪明，反误了卿卿性命”，这是个状态。我看着这个哥哥的很多行为，就想起福尔摩斯说过一句话：“笨蛋虽笨，总有更笨的笨蛋对他喝彩。”就是说你们这些人互相很敬重，觉得惺惺相惜，其实你那是白忙活。

吴伯凡：蠢这个字，它本来是指一种动作，是指那个春天的虫子，刚刚天气回暖的时候，冬眠的虫子苏醒过来，但是还没有完全苏醒，它的整个舒展的过程。还有一个，《道德经》里的“知其白、守其黑”，这个“白”也是有象征的。

史　航：你们的银子，你们的罂粟。

权力不只对恶人有吸引力，对善人同样有吸引力

史　航：人面对权力的时候，不管你是否置身其中，你都会同时有这两种感觉：你被卷入时是下坠；但你被卷到权力中心的时候，你获得别人的认可时，你又是在飞翔。傻子不想在旋涡中心，但他每一次都比他的哥哥表现得好，判断得对，这一刻其实他更无法摆脱这个中心。

吴伯凡：这个什么都不知道的傻子，一次又一次地在天然地进行某种东西。还是《道德经》那句话，“江海所以能为百谷王者，以其善下之”。就是江海之所以为百谷王者，所有的山谷的水都流到了江，然后流到了海，是因为它低。所以，地低为海，人低为王，包括他对这些下人也是。

史　航：非常仁慈。

吴伯凡：仁慈，天道无亲常与善人，他无时无刻不在天然地履行《道德经》的东西，就是往上。往下在最弱，下就是上。善下之，上善若水也是这样，最高的善是水，而水是什么呢？水就是往低处走的，处众人之所恶，就是众人都不喜欢往低处。众人都往高处，它处众人之所恶，这是水的德行。当然，这些东西他完全不知道，所以我说他天然地在进行这些东西。

陈晓楠：如果从一般人的判断来讲，可能也是和傻子相左的。比如说，我们种粮食，到时候值钱了，有人管我们要的话，我们要不

要给，我们应该高价卖给他们。我说我高价卖给别人，也是一个非常正常的选择。

吴伯凡：“众争之地莫往，久利之事无为。”意思是，大家都干这个事了，你就不要去做；做这个事情获利久了，你也不要再做了。当然，这些道理他都不懂，他最厉害的就在于，他本身不是不接地气，他本身就是地气。他不接天道，在某种程度上，他就是天道。

史　航：对，其实他的父亲也有世俗智慧，但那是一个土司所能具有的商人智慧。比如说种鸦片的时候，人无我有，人有我好，人好我贱，人贱我换。

吴伯凡：这个世俗智慧跟天道智慧有特别大的区别。天道智慧到终极，到巅峰，我刚才看到一个东西，是我非常心动的。我们的傻子二少爷，他第一次会向权力迈出脚步，因为什么？他认识到权力的一个魅力，就是能够帮助我想帮助的人。卓玛不想跟银匠在一起，可他没办法，他需要当土司，这样他就是自由人，可以帮卓玛了。他可以为自己得天下，他不肯。但他得了天下可以帮助天下人，哪怕天下人中的一个人，他很可能会去火中取栗得这个天下。这个就是，权力不只对恶人有吸引力，对善人同样有吸引力，这才是权力的复杂性。

陈晓楠：其实就是咱刚才所说的那种错位感，或者说上升下坠的这种感觉。我觉得在全片里，它都透视出这样一种命运的荒诞感。

他看穿了别人的徒劳，最终却要走向自己的徒劳

史　航：我们说“巧者劳而智者忧，无能者无所求”，无所求的时候，上天捉弄傻子的方式就是把他不想求的东西直接抛给他。这当然是个礼物，但我要说，他不仅是赢得了土司之位，赢得了一个王国，赢得了一个女人，还赢得了一样东西，就是被背叛的机会。所以这里面就是这样的，当我们把它当作是礼物的时候，它其中自有劫难、自有苦痛在这里面，也可能对于哥哥那样的人物来说，我只要接手一个王国，中间谁背叛我算得了什么？但对于傻子弟弟来说，得到王国又怎么样，有一个人背叛我，我的生命就是一片灰暗。

陈晓楠：所以最终它其实有一个非常虚无的意义在其中，并不是说这个傻子到这里似乎获得了一切，这个事情就大团圆，截止到这个地方了。

陈晓楠：傻子仍然在这个滚滚的烟尘当中。

吴伯凡：按照佛教的说法，事物存在有四个阶段：成、住、坏、空。首先是成，就是长成的过程，然后会有短暂的停留。

史　航：持续一段时间。

吴伯凡：住，持续一段时间。然后就开始坏，最后是空。不管任何事情，一个王国也好，你的智慧也好，可能都是这样。比如说这个二少爷他成了王，把前面都撇开不谈，他就是成王，成为土司的这个过程。中间就开始坏了，然后什么都没有，空了。所以他达到的最高的境界其实是空。这当然是因为藏族的藏

传佛教在那个地方的观念是根深蒂固的；二来作者本身写这个地方，就是用这样一种藏传佛教的视角来看世界上发生的事情。

陈晓楠：其实后面还有高潮迭起的血腥的争斗仍然在持续，当然也有他获得了更大的财富。比如说以他先知的旁观者，洞透世界本质的这样一个角度，他做了很多的边贸、减轻赋税，等等，又是一些很正确的决定。但他也仍然在这样一个血腥的争斗里面。

史　航：但最后我们到空那部分看到了什么？是他看穿了别人的徒劳,最终却要走向自己的徒劳。解放军入藏要和平解放之前，他最后选择的，一方面他在负隅顽抗，另一方面要给自己所有的奴隶自由。他认为自己成为真正的土司，就只是要给他们自由。就像当初，傻子想给卓玛自由一样，但是这个自由已经没有意义了。就等于说你是在星火燎原之前，自己想生个篝火，但你生的那点篝火，在真正的星火燎原的时候算得了什么？历史会彻底把你覆盖掉的。

吴伯凡：更显示出他的空的是，日月出矣，爝火不熄。太阳都出来了，你举着一个火把干什么？他本质上是无为的，他哥哥是有为的代表，他是无为而无不为，你发现他就是这样的一个过程。

史　航：也做成了。

吴伯凡：但最后有一点，就是他进入这个有为的状态。你发现没有？然后有为恰好引出来的是让世人、让他感受到的无为。其实你知道最终的那个结局的时候，前面的这些都无关紧要，哥哥也好，弟弟也好，这片土地其实都是我们的。

陈晓楠：而且复仇的这条线，其实到最后出来了，像是一个宿命一样。

史　航：对，因为就是在这样的一个王国里面，可以说没有什么清白的手可言，除非你没长手，或者一开始被人剁了手。否则这一切，覆巢之下无完卵。他之所以最后能一步步走向王国的顶端，即使成为这个王国的避雷针，无论是复仇的雷电还是说改朝换代这样的一个雷霆，最后都从他那儿过来。这根无为而无不为的避雷针，最终一定会变成一截废铁跌落尘埃。在那一刻，就算我们怜悯和同情他，他也感受不到了，因为命运已经把他彻底地覆盖埋葬了。

陈晓楠：所有这些都归于平静了，所以到最后他是有这样的一段话，他说："是的，上天叫我看见、叫我听见、叫我置身其中又让我超然物外，上天是为了这个目的才让我看起来像一个傻子。"

史　航：关于这部小说有一句话特别有意思，不是小说里写的，是我在别处看的，叫"神前易泣、人前易笑"。说你遇到神的那一刻你可以哭泣，因为你知道我的这一生遇到了什么，但遇到人的时候只能是笑。不管是尴尬的笑、无奈的笑、什么样的笑，傻子是比他哥哥笑得多的。哥哥就是在笑话别人，傻子是无邪地笑着。但最后结局时，他不再跟人相处了，他要被神收到神的国度里去了。这个时候我想傻子终于可以从容地哭泣，而在他哭泣的时候再没有人看他像个傻子。

吴伯凡：他在那儿，其实是在代表天道观察，但是呢，他又必须作为一个参与者，就像那个裁判一样，也要在那个场上跑来跑去。但最后他发现，他站在场外，他有两个身体。在场外看的时候，他因为在这边不能干预，他没有参与到很多的争斗当中。他是一个公平的、一碗水端平的状态，所以只能以一个傻子的面目出现。但是天的特性，说白了最终是有一种残酷的，就是“天地不仁，以万物为刍狗”的状态。你看了半天，就是忙活半天，包括他自己，谁叫你来到这个场上，都一样会遭到那个命运的。虽然这一个被碾压了，他已经置身在外了，这是他。

陈晓楠：所以这本书的真正结尾有一种大虚无在里面，但也是一种真相大白。

史　航：就算曾经贵为土司家二少爷，但那时候你其实就是尘埃，只有到最后一刻，死亡降临的时候，重归大地，你这个尘埃才回到了尘埃的摇篮，尘埃才真的确认自己是尘埃。就是这一刻的时候，他跟他心爱的人，在他之前死去的人团聚。所以我觉得最后的时候，他虽然是死亡，但不能算绝望和悲伤，因为他只回到他感到亲切的一切中去。

陈晓楠：这本书全程都是嘈杂的、喧嚣的，到最后突然归于寂静。都不是宁静，是真的一片死寂。在这个隆隆的炮声当中，官寨也没有了，纷争也消弭了，仇杀也不见了，就是尘埃落定，一切归于真正的平静。

一本好书

关正文：尘埃一直在飘

《尘埃落定》出版已经二十多年了，现在重读，发现跟这个时间没什么关系。二十年前同样如日中天的书大多不再具有阅读价值，但《尘埃落定》还是那么淡定地屹立着，就好像尘埃一直静止地飘在空中，从未落下。

尘埃是不可能落定的，因为历史的车轮还在行进，尘埃还在不断被搅起。所谓落定，不过是此起彼伏的退场与登场，你以为一架战车散了，终于安静了，却眼看着后面的战车更威武、更疯狂，绵延千里，络绎不绝，永无尽头。

人世的扬尘，来自人类的折腾。在《尘埃落定》中，大少爷代表着自以为是的折腾，就好像下棋只看到最近的一步，只识弯弓，略输文采。老土司则代表着深谋远虑的折腾，有大局意识，有创新精神，会因势利导，却看不清历史的宿命。

二少爷呢，表面看上去是大智若愚。因为傻，可以在王位的博弈中保全自身，因为不明事理，反倒歪打正着，得到了更多的回报。

这种事儿一多了，读者自然就明白了，原来傻不过是伪装，精明才是本质。整个《尘埃落定》，没有人比二少爷更聪明，更有预见性，更能在纷繁复杂的世界里获得成功。但如果你真的这么看二少爷，那他依旧是尘埃的一部分，只不过因为更善于折腾，掀动的尘埃规模更大、形状更漂亮而已，怎么能叫尘埃落定呢？

阿来让二少爷早早预见了王朝覆灭的命运，甚至预见并且平静接受了自己的死亡，这是二少爷一生所作所为最重要的注脚。其用意并不是要表现他知其不可为而为之的悲悯，或者是其远高于父亲的历史洞见能力。想让尘埃落定，阿来一直在告诉我们答案：不是停止，而是不折腾。

你不动，时间自己会往前走。你动，除了卷起尘埃，什么也改变不了。所谓动，就是积极作为，不管动机好坏、手段高低、收获大小，最后的结果都像是一朵浪花，浪花回到河流，对河流有什么影响呢？你不动，没有这朵浪花，对河流又有什么影响呢？所以，二少爷绝大部分时间就是个看客，看河流不舍昼夜，也看人搅动浪花。实在不得不下场参与游戏，则是以三大法宝应对世事：不做，慢做，反着做。

先说不做。土司家因为独家种植罂粟发了大财。积极作为的父兄认为，这一核心技术决不能被他人获得，主张投入军队保护专利的独家性。二少爷则淡淡地说了一句：就是风也会把种子吹过去的。结果是打了若干场罂粟花战争，罂粟花还是开遍了所有土司家的原野。你看，折腾半天，河水不还是逝者如斯？

再说慢做。能不做就不做，事情自会有结局。如果不能不做，二少爷就总是拖着，万事不着急。这是二少爷的特征，书里的例子太多了。说个比较大的事情吧，当二少爷经营北方，在经济建设、国计民生方面取得了巨大成就，成为新土司的历史时机已成熟，百姓们把他高高举起形成了巨大的洪流，只等着他振臂一呼，便可成为名垂青史的贤王。可他什么都没做，眼睁睁地看着载舟之水变成了干涸的泥塘。直到父兄离世，大军压境，王朝行将覆灭，杀手已经到场，他才登上王位，多此一举地解放奴隶，只为获得自己内心的安宁。从这一结果往回看，那个短命的土司王位有啥可争的？折腾半天，河水不还是逝者如斯？

最后说说反着做吧。其实反着只是一种游戏人生的态度，阿来却成心让他屡次歪打正着，不但代表正确，而且代表智慧，这就是阿来自己游戏人生的态度了。罂粟能挣大钱，所以人人都种罂粟，二少爷跟哥哥赌气，偏偏任性地反着来，非要种粮食。结果是罂粟过剩、粮食稀缺，麦其土司家又发了大财。父亲让他守着粮库，一定要高价变现。没想到他为了泡妞全都白送给了茸贡土司。你以为他吃亏了？不，他不仅娶回了茸贡美丽的女儿，还用麦子换回了一个王国！

这不是一个王朝的故事，而是生命不停、折腾不止的所有人的故事。尘埃从来就没有落定，它一直飘在空中，因为勤奋的我们就是爱折腾。